藤丸物産のごはん話

恋する天丼

高山ちあき

本書は書き下ろしです。

目次

藤丸物産のごはん話

恋する天丼

第一話　恋する天丼

「おつかれさまでーす」

皆川杏子(みながわきょうこ)は営業スマイルを浮かべて、日替わり定食の載ったランチプレートをカウンター向こうで待っている男性社員ふたりに差し出した。

本日の日替わり定食のメインはロールキャベツだ。やわらかな春キャベツが、旨味(うまみ)ぎっしりの牛ひき肉を惜しみなく包んでいる。そこにヘルシーなごぼうサラダと、ほくほく新じゃがのジャーマンポテトの小鉢(こばち)ふたつ、そしてつややかな白ご飯と玉子スープがセットされる。

見ると、日替わり定食を待つ社員の列はまだ続いている。両隣の麺(めん)ものと丼(どんぶり)もののスペースにもおなじく数人の列ができていて、ピークを迎えた厨房(ちゅうぼう)内はいつものようにてんてこまいだ。

昨今の社員食堂は、会議室に厨房とカウンターを付け足しただけのような、昔の殺風景(さっぷうけい)

な食堂とはちがう。明るく清潔感にあふれ、洗練されたデザインの椅子やテーブルが配され、健康に配慮したメニューが多彩に用意されている。ビュッフェスタイルを採用している社食などは一流レストランのバイキングかと見まごうほどのクオリティだ。

杏子が勤務して半年になる藤丸物産の社員食堂〈キッチン藤丸〉も、四年前の本社ビルの建て替えに伴って一新され、おしゃれな今どきの社食に生まれ変わった。

天井の高い開放感のあるフロアに、居心地のよさを感じられるメープル材の四人掛けテーブル二十二卓がゆったりと並ぶ。東京湾岸エリアを一望できる窓際のひとり席は人気で、いつもあっという間に二十席が埋まる。

提供される料理は麺もの、丼もの、定食の三種をメインに、自由に選べる小鉢が二種とデザートが別にあって、それぞれ日替わりでメニューが変わる。例えば月曜なら麺ものはきつねうどん、丼ものはかつ丼、定食はロールキャベツといった具合。そして不動の人気を誇るカレーも週替わりで用意される。

杏子が日替わり定食のプレートを社員に差し出すと、ひとりは「ありがとう」と短く礼を言い、もうひとりは軽く頭を下げてそれを受け取った。

お腹がぺこぺこの彼らの視線はロールキャベツに釘付けだ。コンソメと肉の旨味を彷彿とさせるかぐわしい香りを放っているから無理もない。

杏子はそのタイミングですかさず彼らの社員証に視線を走らせ、苗字に藤の字がついているかどうかを確かめた。田川と有村。

藤の字はない。よくありそうなのに、やっぱりなかなか見つからない。

いつものように小さな落胆をおぼえつつ、あらたなプレートを支度して次の社員を迎える。

杏子が探しているのは、苗字に藤の入った男性社員だ。たとえば佐藤とか斎藤とかで、とくに三十代くらいまでの社員。

探しているのにはもちろん理由がある。

二か月前、昼下がりの休憩時間に近くのコンビニに買い物に出掛けた。救急箱用の絆創膏がなくなったので、おつかいを頼まれたのだ。その後、社に戻るときに事件は起きた。

一階のホールでエレベーターを待っていると、ちょうど一台が降りてきたところで急に眼もとに違和感を覚え、杏子は無意識のうちに擦っていた。これがいけなかった。エレベーターの扉がすうっと開くのと同時にコンタクトが外れてしまった。

杏子は視力検査表の一番上のCが余裕で見えない強度の近視である。突然、視界が中途半端にぼやけたところへ、火急の用を控えていたらしい若い男性社員が全力疾走する勢いで飛び出してきた。商社マンはとにかく忙しいのだから仕方がない。うつむいた状態で戸口に接近していた杏子は、その人と派手に衝突した。

すると相手が「ごめん、大丈夫？」とぶつけた頭部をさらりと撫でてきたのだ。

人の本性はとっさの行動にあらわれる。男らしく大きな手。人懐っこい優しさがあふれるその掌が、彼のすべてを象徴していた。

もしかしてこれは、運命の出会いなのでは――。

しかしどんな人なのかと顔を見上げるも、視点が定まらなくてぼんやりとしか見えず。至近距離なのが恥ずかしくなって「大丈夫です」とすぐに視線を落としたところで、胸元で揺れる社員証が目に飛び込んだ。

藤。

認識できたのはその一文字のみだった。男は杏子が体勢を立て直すのを見届けると、あわただしく走り去ってしまった。時間にすれば、ほんの数秒の出来事だった。心臓だけが、ばかみたいにどきどきと高鳴っていた。

あれは誰だったのだろう。もう一度、会って話をしてみたい。

以来、再会を夢見て、社食を訪れる社員の中に、苗字に藤の字がつく社員を探し続けている。

藤丸物産は、東京・港(みなと)区に本社がある食品の専門商社である。

社員数三〇〇名あまり。創業は昭和初期で、旧財閥(ざいばつ)系総合商社には及ばないが、業界内では売り上げ上位に名を連ねる準大手の老舗(しにせ)企業だ。メインの乳製品をはじめ、食肉、酒類、調味料など多岐(たき)にわたる商品を国内のメーカーや卸(おろし)、小売り店に販売している。

皆川杏子・二十四歳は、半年前にこの会社の社員食堂の調理補助スタッフとして入社した。

社食の運営は多くの企業が食堂運営業者に委託(いたく)しているが、藤丸物産は自社で行っている。一日の喫食数(きっしょくすう)はおよそ二三〇食。魚は豊洲(とよす)市場直送、カット野菜や出来合いのものは極力使わず、手づくりにこだわっている。

社で扱っている商品もしばしば使われ、食堂の半個室スペースでは自社商品を利用した食事を提供しながら商談が行われることもある。

スタッフは最大で十三人。みな総務部の社食運営課の所属だ。小柄で太っちょの総務部部長・田貫正(たぬききただし)——通称コダヌキ部長が課長を兼ねていて、料理長を含め調理師がふたり、管理栄養士がひとり。残りはみな調理補助だが、杏子を含めた若手の三人が正社員で、あとは勤務時間の短いパートだ。

　杏子は、ここへは東京に住む叔母(おば)のツテで就職した。叔母が田貫部長と知り合いで、若手の欠員が出たので手ごろな人材を探していた彼に、ちょうど職なしで困っていた杏子のことを紹介したのだ。

　ランチの営業時間は十一時半から十三時半まで。稀(まれ)に夕方から懇親会(こんしんかい)や歓送迎会に利用されることもある。

　客足には波があり、第一陣はたいてい十一時半に、第二陣は十二時頃におしよせる。ピーク時に向けて厨房はあわただしくなる。そして暑い。湿度も上がる。全員が注文数を見越し、料理の完成に向けて動くので失敗は許されない。無駄話をしている余裕など当然ない。タイマーの音と調理師の指示だけが飛び交う。

　杏子の場合、カウンターに立っているとき以外は調理師専属の小間使いみたいなもので、

「杏子さん、カツとじ用の玉子割っといて」

「はい」

「杏子さん、そこに小鉢並べて。五×十で」

「はいっ」

「杏子さん、スチコン一五〇℃にしといて。湿度一〇〇パーね」

「はいっっ」

といった具合で次から次へと指令が続く。ちなみに杏子を酷使してくれるこの調理師の名は支倉渚。年は杏子よりもひとつ若く、求人を出していたわけでもないのに、ある日突然、降ってわいたように入社してきた。先月のことだ。

背丈もあるし、目鼻立ちも涼しげに整っているのだが、誰もがふり返るような華やかなイケメンではなかった。好みではない男性十人の中からひとりマシなのを選べと言われたら、必ずみんなが選びそうな無難なイケメンだった。

でも身のこなしは格別にきれいだ。とりわけ包丁を使うときが。料理包丁と一体化したような、目的に対する一貫して無駄のない動き。ただ手際がよくて速いだけではない。持ち方、立ち姿はもちろんのこと、刃先の軽やかさ、引き切りの優美さ、押し切りの力強さ、そこに彼にしかない独特の間合いというか呼吸みたいなものがある。それらが彼の所作を美しく見せているのだと思う。

ただしそれは調理中だけのことで、私生活はユルめでだらしなさそうだ。

社員証はいつもつけていないし、休憩時間はスマホでゲームしながら居眠りするし、ときどき寝ぐせつけたまま出勤してくるし、制服の釦をひとつ留め忘れていたことなんかもある。完璧が常に続く人間なんていないということなのだろう。

午後の業務が開始する十三時をまわるころには、社員はみな一斉に食堂から姿を消す。一般の飲食店とは異なり、社食は時間きっかりに必ず片がつくところがいい。

午後一時半すぎ。時給で働いているパートの援軍の方々があがってしまうと、ピーク時の逼迫した空気が嘘みたいに静かでのんびりした時間が流れ出す。

正社員の食堂スタッフたちが、休憩に入れるのはこの時間帯だ。

「今日は藤の君、いた？」

潮の引いた海のように静かなホールで、綾瀬真澄がまかないとして出されたパスタをフォークで掬いながら訊いてくる。

定時まで勤務する杏子たちは、食材が余ったり、新たな料理を試作したときなどに、こうして料理長か渚が拵えてくれたご馳走に超絶安価もしくは無料でありつける。今日はほうれん草とベーコンのパスタだった。小鉢に使われたほうれん草の残りが利用されたようだ。

真澄は二十一歳で杏子より若いが、三年前からこの社食で働いている先輩だ。華やかな顔立ちと明るい性格で、自他ともに認める社食の看板娘である。関連会社の社長のひとり娘で、ときどき我儘を言うものの、嫌みのない素直な子なので付き合いやすい。

「藤のつく人はいたけど、今日のは違ったなあ。身長が足りないっていうか、横がありすぎるっていうか」

「つまりちびデブ？　この二か月でうっかり増量しはったんやな、うちみたいに」

関西訛りでしゃべるのは杏子より半年前に入った浦島梢。ややふっくらで、一見のんびりの癒し系だが、オタ活の軍資金をひねりだすためにお金にはシビアで、仕事もそれなりにてきぱきとこなす。年は杏子よりひとつ若い。

杏子が、藤の字のつく運命の相手のことをうちあけているのはこのふたりだけで、彼のことはたまたま読んだ雑誌にとりあげられていた古典まんがの登場人物を真似て、ひそかに「藤の君」と呼んでいる。

「体重はともかく、身長は縮まらないんじゃないの？」と真澄。

「そもそもそんな太りそうなタイプではなかったんだよね」

ぶつかったときの感覚だと、今日見た社員ほどの弾力はなかった。頼りないほどの痩せ型でもなく、かといってごつい筋肉質でもなく、まさしく理想的な肉付き具合だった。

「でも、あれからもう二か月やろ。顔もろくにわからん相手やし、ほんまに見つかるの？」

梢が、かりっと焼かれたベーコンをフォークで刺しながら言う。

「本人が登場すればピンとくると思うよ。第六感でばっちり覚えてるから」

小さいころから勘は冴えているほうだった。それに藤丸物産の社食の喫食率は七〇％。彼が食堂利用者とは限らないが、社員の半数以上が利用しているのだから、再会できる可能性は決して低くはない。

「そうよー。どのみち恋ってはじめのうちは感覚でするものなんだから、杏子さんがこれって思った相手がそれなんだよ。大丈夫、絶対見つかるって、二十八歳までには」

そう。二十八歳。それが杏子のタイムリミットだ。杏子の実家は中部地方にある渥美半島の田舎だ。東京行きを反対した両親からは、二十八歳までに結婚できなければ、実家に帰って見合いをし、家業の花卉農業を継ぐことを言い渡されている。

いまどきお見合いって……。

せめて三十歳まで待ってくれと思うのだが、そこは行き遅れを恐れる田舎の尺度。見合いをする気も家業を継ぐ気もないので、それまでにはなんとしてでも結婚相手を見つけなければならない状況だ。

一方、真澄の恋愛遍歴は華やかで、学生時代の相手は先輩、同級生、後輩、教師のフルコース、その後は愛人や不倫まで経験した猛者である。現在はずっと心のどこかでひっかかっていたという許嫁の幼馴染に落ち着いているが、ここまで経験豊かなベテランが言うと説得力がある。

「とにかくこのまま藤の字をチェックしながら、ご本人の登場を待つしかないわ」

藤の君探しはいまや杏子の日課であり、実家への強制送還を回避するための希望の光となっているのである。


まかないを食べ終えた杏子は、梢とふたりで明朝の掃除に備えて椅子をすべて机に上げ伏せた。これで食堂側の片づけは完了だ。

その後、厨房での洗浄作業と清掃を終えてしまうと、杏子はエレベーターホールのニッチに置かれた〈食堂意見箱〉を確認しに向かった。

〈食堂意見箱〉とは文字通り、社員たちから社食に関する意見を募る箱のことだ。

食堂からはあえて見えない位置に置かれているし、無記名で投函できるので、週に二、三件のペースで様々な声が届く。献立やデザートの具体的なリクエストをはじめ、ちょっとしたクレーム、糖質オフメニューや減塩についてなどの健康に関するものが多い。果ては「求ム、頭髪育成メニュー」や「あと2キロ痩せたいです」などという願望まで。

ともあれ、提供する側としてはお客様の生の声が聞けるのはありがたいし、好意的な意見がもらえればやはりうれしいから〈食堂意見箱〉のチェックは杏子も含め、食堂スタッフのひとつの楽しみである。

良いメッセージを期待しつつ、「ご意見箱」と書かれた木箱の底板をスライドさせて中を調べると、

「おっ」

先週は月末を控えてみんな仕事に忙しいせいか、さっぱり音沙汰（おとさた）がなかったが、久々になにか投函があった。ふたつに折りたたまれたその紙を取り出して開いて見てみると、

『花見弁当には天ぷらを入れてほしいです』

と、黒色のボールペンでリクエストが書かれていた。力強く、角張った字面（じづら）からして男性だろうか。

「花見弁当？」

なんのことだったかと首をひねりつつ厨房の奥の控室に戻り、料理長に告げると、

「ああ、それね。今から話そうと思ってたんだが、来月三日の夜に酒類部一課から花見弁当の予約が入ったんだ。新入社員の歓迎会も兼ねて花見をやるので、二十一個用意してほしいと。だからその日は正社員の三人娘は六時まで残業よろしくね」

にっこりと笑って命じられた。

井口料理長は四年前、社食新装時に社長直々の声掛けで藤丸物産に入社した敏腕の調理師だ。もとは都内の一流ホテルで働いていたシェフで、口の軽いコダヌキ部長曰く、上層部の管理職顔負けの破格の給料で雇われているらしい。でもお金に執着するタイプには見えないから、その華やかなキャリアを捨てて、なぜここにいるのかは謎だ。

予約制で夜の部に行われる懇親会や歓送迎会に対応するのは正社員の杏子たちである。定時以降の業務は残業扱いとなり、超過勤務手当がきちんと支払われることになっているので懐は潤うものの、さすがに昼夜で入るのは体力的にきつい。

「へーい。わかりました」

真澄が少々、不満げに唇を尖らせつつも、明るく頷く。

「そういえば、もうそんな季節なんですね」

三月もあと数日で終わり、都内では桜が七分咲きである。リクエストの投函は花見メンバーのうちのだれかがしたのだろう。

「弁当の注文は久しぶりだよねえ。みゆきさん、なに入れようか？　天ぷらとは、また曲者なアイテムがリクエストされたが……」

料理長が、控室の端っこに一席だけ設けられたデスクでカロリー計算をしていた管理栄養士の南雲みゆきにのんびり問いかける。

「定番のだし巻き玉子と野菜の炊き合わせは入れるとして、あとはどうしようかな。杏子ちゃん、イラスト描ける？」

「描きます」

新しいメニューを考えるときは、完成時のイメージがわきやすくなるから実際に絵にしてみるのだ。完成した絵は、みゆきが田貫部長に提出する企画書に利用されることになる。

みゆきは既婚の三十二歳で、夫もこの藤丸物産に勤めている。もしかしてカウンター越しの運命の出会いから社内恋愛を育んだのかと思いきや、結婚はここに勤務する以前のことだった。

彼女はここに来る前は学校給食センターで管理栄養士をしていたそうだ。

当時、若くて経験の浅かった彼女は年増のパート軍団から目の敵にされ、一方で、やる気の乏しい料理長とは衝突することが多く、かなり孤立して落ち込んでいたという。そこで夫の秀一が、藤丸物産の社食を新装するにあたり、管理栄養士を募集していることを知って、声をかけたのだ。

いいタイミングだった、とみゆきは言う。

現在の料理長は柔軟性に富んだ人だから衝突は少なく、彼がうまいこと采配をふるうのでパート軍団との軋轢(あつれき)も今のところはない。

　みゆきほど仕事ができて柔和(にゅうわ)な人でも人間関係のトラブルで落ち込まねばならないのかと、杏子は社会の残酷(ざんこく)さに驚いたものだ。

　杏子がみゆきから紙と鉛筆を受け取って椅子に座ると、そのままみんなもテーブルを囲んでミーティングがはじまった。片付けと清掃のあとは、たいていこうして翌日の打ち合わせや、翌週の献立やイベントの計画についての話し合いが行われる。

「春だしお花見だし、手毬(てまり)寿司とかどう？」と真澄。

「かわいくていいかも。でも二十一人前だと手間がかかるかもね」

　みゆきが思案顔になる。

「毬を崩して、ちらし寿司にしたらどうですか」

「いいね、色合いも華やかだし」

　梢の意見に杏子も賛同するが、

「酢飯が苦手な人もいると思いますが、大丈夫ですか？」

「たしかにそうね」

　渚のつっこみにみゆきが頷いた。

「無難に炊き込みにしとこうか。筍(たけのこ)と桜エビと枝豆あたりを具材にして」

「そうですね」

料理長の一声でご飯が決まった。きっちり春の具を盛り込むところはさすがだ。

ほかのおかずの案がおおむねまとまったところで、

「入れ物はいつもの折箱ですよね。ここに炊き込みご飯が入るとして、あとこっちの広いところに天ぷら……？」

杏子はイメージしたお弁当の姿を、タブレットの画面上にさらさらと描いてみる。

幼いころから、絵を描くのは好きだった。ほんとうは美術関係の高校に進学して、将来は服飾デザイナー……にはなれなくとも、デザイン関係の仕事に就いてみたかった。でも視野の狭い田舎育ちの両親から、そんなカタカナ職業で食っていけるのはほんのひと握りの人だけだと反対され、親に逆らってまでも貫き通すほどの情熱はなかったので無難に進学校の普通科に通い、苦手な理数科目から逃れたくて文系を選び、大した夢も見つからないまま、それでも花卉農家である実家を継ぐのだけは嫌だったから、なんとか両親を説得して東京に出て、中堅の文系女子大に進んだ。

その結果、新卒で就職した先は派遣会社。地味な事務員の仕事にやっと馴染んできたと思ったら二年目の更新はされず、無職になってしまったのだった。

美術系の学校に進んでいれば、憧れていた職業に就けたかもしれない。実際、中学や高校の同級生の中でも、子供服やお菓子のパッケージや広告デザイン等々、ふつうに美術系の能力を生かして活躍している人はちらほらいる。

杏子にはふたりの妹がいるが、一つ下の妹はウェブデザイナーになったし、三つ下の妹はパティシエの見習いとしてケーキ屋で修業中で、結局、ふたりともカタカナ職業に就いた。まじめで両親の押しに弱い自分の性格が仇になったのだなと何度も後悔したものだ。

けれど今の職場に来て気づいたのだが、料理は意外と美術に通じるものがある。具材を切ったり、材料を混ぜたりする行為は工作や絵画とおなじ。盛り付けにも美的センスが必要だ。実際、時間との勝負である大量調理の現場では、細かいところまではこだわっていられないのだけど。

「こんな感じになりますけど、どうですか?」

杏子はざっと色付けまでした絵をみんなに見せた。正方形に近いかたちの折箱に、左に炊き込みご飯、それより少し狭い右側には高野豆腐と野菜の炊き合わせ、そしてタコときゅうりの酢の物、その上の大きなところに春野菜とえびの天ぷら、左側には若鶏の雉焼きとだし巻き玉子、菜の花のおひたし、それにデザートの桜餅をおさめた。

「うん、華やかでいいんじゃない?」

みゆきが満足げに絵を眺めて言う。

「ご飯が地味になりそうなんで、木の芽でも置きます？」

杏子は山椒の若葉を薄く書き足しながら言う。

「そうしよう。あとは桜えびを表に盛ってごまかして。しかし、アイテムの多い弁当は、こうして絵で描き起こすとほんとイメージ湧きやすくていいね」

「ええ。いつも助かるわ。杏子ちゃんはいい雰囲気の絵を描くのよね。親しみやすくてあったかい感じの」

「ほんまに。きちんと仕上げたら、イラスト素材になりそうや」

「ほんとですか？」

「前に居眠りしてた渚の手に描いたやつ。あのさかなも超かわいくて、渚、怒る気失せてたよねえ」

「ああ、あれね」

真澄に言われ、思い出したらしい渚の顔もほころんだ。

そういえば少し前に、控室で寝ていた彼の手に真澄とふたりで落書きしたことがあった。ぷうと顔を膨らませたフグの絵。あれは日々の酷使ぶりに対するささやかな抗議でもあったのだけども本人にはまったく通じてなかったらしい。

「では三日の弁当はこれでいこう。みゆきさん、田貫部長によろしく。杏子ちゃんもありがとう」

料理長がまとめ、翌日の打ち合わせも軽く終えるとミーティングはおひらきになった。

みんなに褒められて、素直に嬉しかった。デザイナーからは程遠いものの、こうして特技が少しでも役に立つ職場で働けてよかったなと思っている。

献立(こんだて)の最終的な判断は田貫部長に委(ゆだ)ねられる。予算オーバーには厳しいが、カロリーオーバーには非常にゆるい人なので、すんなりOKが出ることだろう。

数日が過ぎた。

ピークを迎えた社食はいつも賑(にぎ)わう。カウンターにはお腹を空かせた社員たちが次から次へと押し寄せてくる。

この日、ついに藤の君がらみでひと事件が起きた。

杏子はさっくりと揚(あ)がった天ぷらに、料理長特製の甘だれが回しかけられた天丼を、いつものように営業スマイルをはりつけて社員に提供していた。

もちろん社員証の藤の字探しは怠(おこた)っていない。そこへ、

「イトウ、ひさしぶり！」

社員たちの喧噪の中からひときわ通る声が耳に飛び込んで、はっとした。

見ると、天丼を待つ客のひとりが、横に割り込んできた別の社員に声をかけられていた。伊藤といえばごくありふれた苗字だが、藤の字がつくから杏子にとっては特別だ。

隣でみそラーメンを配っている真澄がサッと目配せしてきた。彼女も気づいたらしい。

「いつ帰ったの?」と声をかけたほうが伊藤氏に問う。

「昨日」

「しばらくこっち?」

「いや、二週間くらいでとんぼ返りだよ」

「今度、ちょっと時間作って飲みに行こうよ」

「おう」

どこかに出向中の身なのだろうか。見たところ二十代半ばくらいで、まだ若い。

杏子の中に、エレベーターでぶつかった日の情景がよみがえった。体格や雰囲気からしてあの日の藤の君と思えなくもない。ついに再会のときがきたのかと、勝手な期待が一気に膨らんだ。

所属部署や下の名前も知りたいので、すかさず胸元の社員証に目を走らせてみたが、外回りのついでに社食に来たようで掛かっていない。残念に思いつつも、杏子は順番が回ってきた彼に、どきどきしながら天丼を差し出した。

「おまたせしました」

にこやかな表情を崩さず、とくに過剰に愛嬌をふりまくわけでもなく、あくまで普段通りにふるまう。差し向かいになって面を見ると、目元に優しげな印象のある、好感のもてる顔立ちだった。これまで藤のつく人を見つけても、確実に記憶とズレていたのだが、今回はかなり印象が近い。自分は今、運命の相手との再会を果たしたのかもしれない。

けれど、おなじ正社員とはいえカウンターを挟んでこちらは食堂スタッフ、あちらはおそらく営業マン。提供する側である杏子から、なにか行動を起こすわけにはいかない。

社員の中には料理を渡すと「ありがとう」とか「どうも」などお礼の言葉をかけてくれる人がいる。中には「おお」とか「おいしそう」などの感嘆系の声を発する人も、とくにおじさん社員に多いけれど、伊藤氏は無言だった。ただ、少し頭を下げ、なんとなく礼を告げてくれたのでうれしくなった。

流れてくる社員を捌きつつ、テーブルに向かう彼をひそかに目で追っていると、

「ん?」

杏子は思わず彼と同席している社員を二度見してしまった。

ひとりはさきほど声をかけた男性社員で、もうひとりは下がり眉のひょうきんそうな

眼鏡面の男性。

あの人はたしか、南雲さんの夫の秀一さんでは？

ときどきふたりがここで話しているのを見かけるので、顔はよく知っているのだ。

伊藤氏は秀一とおなじ部署に所属しているのだろうか。仲良さそうに話しているから知り合いなのは間違いない。そうなると秀一に彼がどんな人なのかを尋ねれば、いろいろ情報が得られるかもしれない。もしかしたらお近づきになれるかも。

恋愛経験が皆無というわけでもないが、彼氏いない歴＝年齢なのがひそかな悩みの杏子なので、ようやく一歩が踏み出せそうな予感にはいつになく高揚していた。


「伊藤君は海外事業部に所属で、今は研修のためにアメリカの現地法人に出向しているの。たまたま仕事の都合で一昨日、帰国したんですって」

翌日の休憩時間。まかないを食べ終え、ホールの片づけも終わったので控室で休んでいると、みゆきが夫の秀一から聞いてきたことを教えてくれた。ちょっと気になる人がいるといって探りをいれてもらったのだ。藤の君の話までは打ち明けてはいないけれど。

「すごーい、あの人、アメリカ暮らしなんだ」

真澄と梢が色めきたった。

杏子もまさか海外勤務だとは思わなかったので驚いた。だから知人と「いつ帰ったの?」「すぐにとんぼ返りだよ」みたいな会話をしていたのだ。

「出向先はカリフォルニアよ。うちはアメリカと食肉の取引が多いから」

「あ、でも……」

いつから海外勤務だったのだろう。もしかしたら今年の二月も本社にはいなかったかもしれない。となれば、伊藤が藤の君ではないことになる。

「海外勤務は、いつからされてるかわかります? 今年の二月の終わりごろに一時帰国していたようなことは……」

たまたま本社に戻っているときに杏子とぶつかったのかもしれない。

「どうかな……、ちょっとそこまでは把握してないけど、海外に出向になったのはたしか二年くらい前からよ。二月にどっちにいたかは、主人に確かめてもらってみるわね」

みゆきが快く引き受けてくれた。

「海外勤務かあ。あれってたいてい出世コースに乗った選ばれし精鋭が経験するもんでしょ? 将来有望でいいじゃない。杏子さん、うまくいけば駐妻だよ、駐妻っ」

真澄が興奮気味に言った。

「チュウヅマってなに？」

杏子が問うと、オタ活費用獲得のため、ひそかに玉の輿を狙っている梢が力説してくれた。

「駐在員の妻。略して駐妻。苦労はあれど、他の駐在員の奥様たちとお茶してショッピングして、連休には観光地で写真を撮ってSNSで自慢しまくりの超絶勝ち組や！」

「それはなりたいかも……」

すっかり忘れた英語の勉強をしなおさなくてはならないが。

「彼とうちの主人は、彼が新入社員のころ同じ部署でね、短い間だったけどウマが合ったみたいで、それ以来、ずっと親しくしているの。私も一緒に飲んだことあるけど、仕事熱心でいい子よ。昨日は久々に日本に帰ってきたと知らせを受けたから、主人が昼に誘ったの。天丼が好物で、社食で食べるときはいつも注文してるんですって」

そういえば昨日も天丼を注文していた。

「それなら天丼を進化させて、伊藤さんにどんどん来てもらわなくちゃ」

杏子が言うと、

「ああ、ネタが変わればまた食べたくなるもんねえ」

と梢も頷く。もちろんほかの社員たちも注目するから売り上げも伸びそうだ。

「そうね、期間限定でやってみるのもいいかもね。エビ天はそのままとして、あとは……」

みゆきをはじめ、みなで新ネタを考えてみる。

「山菜を増やして、今よりも季節感を出したらどうですか？　今は筍天ぷらはあるけど、それに加えてたらの芽とか」

「いいね、それ。あたしも食べたいっ」

杏子の提案に真澄がのってくる。

「ついでに今度の花見弁当の天ぷらもそれでいきましょうよ。意見箱のリクエストにお応えする感じで。……あ、料理長、ちょうどよかった。聞いてください」

杏子は、料理長が渚と一緒に控室に入ってきたので呼びとめた。

天丼のネタを春らしい山菜に変えてはどうかと話してみると、

「うん、春の山菜スペシャル天丼ね。いいんじゃないの」

パパっと命名までして快諾してくれた。

「でも、たらの芽は処理に手間がかかりますよ。袴をとらなくちゃならないんで」

横で話を聞いていた渚が慎重に言う。

「たしかに。季節もので単価も高いしねえ。コスト面はどうかな、みゆきさん？」

料理長が、社食運営課のお財布を管理しているみゆきに問うと、

「今月はいまのところ予算内に収まっているので、多少の余裕はありますね」

と、前向きだ。

「なら、山菜天ぷらでいこうか？」

料理長が渚に問うと、「料理長がいいなら」と彼も頷く。

決まりだ。これでふたたび藤の君を食堂に引き寄せることができる、と杏子の胸は期待にふくらんだ。

＊

二日後の金曜日、営業時間が終了し、パートの援軍がひきあげてしまうと、渚が厨房に一番近いいつものテーブル席にまかないを用意してくれた。

「月曜から出す春物の天丼の試作です。今日は油が疲れてるので、多少、味が落ちるかもしれませんが」

と言いつつ、まずは二人前の天丼をテーブルに置いた。

片付けが八割がた終わったころに、渚がフライヤーの横で下ごしらえをしているのを見かけた。たねをまとって手際よく油の海に投入されていた筍やたらの芽たちが、今は衣を膨らませてほかほかの白ごはんの上にのっかっている。

杏子は試作の山菜スペシャル天丼に鼻先をよせ、香りをかいだ。

「全然、おいしそうだよ」

「ほんと。いい匂い～」

三人は揚げたての天ぷら群が放つ、香ばしい香りを吸い込みながら言う。

「今日はコダヌキ部長、来てないね」

試作と聞けば会議を抜け出してでも馳せ参じる食道楽なのだが。

「大阪に出張だそうで、さっき写真をメールして承諾をもらいました」

「食いっぱぐれて残念やったな、コダヌキさん」

「見てよ、このレースをまとったかのような美々しいえびを」

杏子はえび天を箸でつまんで引き上げてみせた。ぼってりとした衣ではなく、花びらのように繊細な衣なのだ。それがぎゅっと集まってエビの旨味を閉じ込めている。

「雰囲気を変えて花揚げにしてあります」

この美しい衣は花揚げというらしい。冷めても食感を損なわず食べられるのだという。

「たらの芽や蕗の薹はちょっと衣が薄くない？」

間近で眺めていた真澄が気づいて言う。

「山菜の緑が映えるようにわざと薄くしたんだ」

たしかにこのほうが彩りがきれいだ。ほかに筍とかぼちゃときすの天ぷらもあって、それらがいかにもおいしそうに、バランスよくこんもりと盛られている。

「冷めないうちにどうぞ。南雲さんの分とあとひとつは料理長が持ってきます」

「梢ちゃんと杏子さん、先に食べていいよ。あたし朝ごはんの牛丼おかわりしたからあんまお腹空いてないの」

社長令嬢は朝から牛丼かよと突っ込みたくなったが、杏子はお腹がぺこぺこだったのでお言葉に甘えて、

「じゃあ、まずはたらの芽からいただきます」

薄衣にきれいな若緑色が透けて見えるたらの芽を、そっと口にしてみる。

衣がさくりと割れて、春の芽吹(めぶ)きを思わせる独特の風味が口内に広がった。かすかに感じられるほろ苦さがまたいい。

続いて甘だれの染みかけた白ご飯をあわせて食べてみると、思わず顔がほころんだ。

「うーん、おいしい……。このじゅわっと広がる旨味と衣のさくさく感のハーモニーがたまらないわー」

「よかったら、えび天、もう一尾おまけします」

「うん。欲しい。渚君、試作のときいつもサービスいいよね」

「杏子さんてば、渚に餌付けされてるってそろそろ気づかなきゃあ」

「えっ」

真澄に指摘され、杏子は思わず喉を詰まらせた。

「餌付けなの？」

そう言って思わず見た渚の顔にあるのは、たしかに胡散臭い笑みだ。

「そうよ。そうやっておいしいもの与えて機嫌よくさせといて、明日、またいっぱい酷使するのに決まってるじゃなーい」

そこへ料理長がやってきて、

「真澄ちゃん、人聞きの悪いこと言わないの。ハイ、残りの二人前ね。きみたち、春の山菜スペシャルの味はどうだい？　実はたれの味を少し変えてあるんだが」

真澄の分と、まだ業務にきりのつかないみゆきの分の天丼をテーブルに置いて問う。

「すっごくおいしいです。これがHPの社食コーナーに載れば、間違いなく社内の天ぷら好きと、季節の食材に敏感な社員を集められると思います」

杏子が答えると、真澄と梢も深々と頷いた。

「オッケー。じゃ、来週から提供開始だ」

評価に満足したらしい料理長が渚と一緒に去ってしまうと、真澄が声をひそめて言った。

「これなら伊藤さんをおびきよせられそうね」

「うんうん。いよいよ藤の君の顔が拝めるな」

梢も天丼を味わいながら頷く。

実はあの後秀一の証言から、今年の二月に彼がちょうど帰国していたことが判明していた。まさしく彼が藤の君であるという可能性が高まっているのだ。

「……でもさ、なんかひっかかるんだよね」

ふと杏子は箸をとめた。

「なにが？」

真澄と梢はけげんそうにこちらを見る。

「伊藤さんのこと。出会ってまだ四日目とはいえ、なんだか違和感があるの。顔だって、実はもう、ぼんやりとしか思い出せないし」

顔もまともに思い出せない相手に恋焦がれるのもいかがなものか、と自分で突っ込みたくなる。

「あまりにも本人との接触がなさすぎて、まるでアイドルでも追いかけているみたいな感覚なんだよね」

これは果たして恋と呼べるのだろうか。

そもそも藤の君の存在に恋をしているのであって、伊藤自身には興味を抱けていないような気がするのだ。たとえば、もしも彼があの日ぶつかった相手ではないとわかったら。そこで熱は冷めてしまうのだろうか。あらたに藤の君の候補が現れたりしたら――?

もやもやしている感情をふたりにうちあけると、

「それはそのとき考えればいいんじゃないの。なにも藤の君と結ばれなきゃいけないわけでもないんだし」

真澄があっけらかんとして言う。

「そや。最終的に自分が一緒にいたいと思った相手が、杏子さんの運命の男やろ」

と梢も言う。

そこへ、作業にきりをつけたみゆきも「おつかれさま」と言ってやってきた。

「おつかれさまです。先にいただいてます」

「この天丼なら見た目も春らしくていいわね」

席に着いたみゆきが、さっそく「いただきます」と割り箸を割って食しはじめる。

「そういえば杏子ちゃん、主人が言ってたのだけど、伊藤君が来週の水曜日、アメリカに戻ることになったそうよ」

「えっ」

杏子は思わずえび天を取り落としそうになった。

「水曜って、ちょっと早まりましたね」

「そうなの、現地でトラブルがあったみたい。でもフライト前の隙間時間に、主人と伊藤君が近くの喫茶店で少し話すそうだから、ついでに杏子ちゃんも一緒にどうかって」

「旦那さんがそうおっしゃってくれてるんですか？」

「ええ。紹介という形でね」

上司の紹介、それは結婚を前提にしたお付き合いを予感させるシチュエーションではないか。ひょっとしたら秀一が杏子のためにわざわざ機会を儲けてくれたのだろうか。

「しばらく帰ってくる予定はないみたいだから、日本で会える最後のチャンスよ」

「そうですよね……」

思わぬ急展開を迎え、杏子はどきどきしてきた。この機運にのっかりたい反面、不安がこみ上げる。ろくに顔も知らない女がいきなり同席するなんて、迷惑ではないだろうか。

「どうしようかな」

相手のことがわからなさすぎて尻込みしてきた。

「杏子さん迷ってる場合？　ここはふたつ返事でＯＫするとこや。いつもしっかりしてはるのになんで肝心なところでそうなってしまうの」

「……だって、会ったところでなにを話そう。趣味とか、好きな食べものとか、余暇の過ごし方について？」

　恋愛となると、経験不足のせいか脳も中学生レベルになってしまっていけない。

「杏子さんは考えすぎなのよー、話すことなんて会えば自然に出てくるもんでしょ。向こうだって喋り上手の商社マンなんだから勝手に盛り上げてくれるって」

「だからこそ、つまんない返しでがっかりされるのが怖いわ」

　彼氏いない歴＝年齢の事実が重石になって、どうも積極的になれない。そこへさらに例の妙な違和感が邪魔して、これがそもそも恋なのかどうかよくわからなくて全力で向かえない。

「ここで会わなきゃ運命の恋に発展しないまま終わっちゃうよ。田舎に帰ってお見合いする羽目になってもいいの？」

「いやです」

「だったら絶対会わなきゃダメ。アクションだよ、アクション！」

　梢と真澄が天丼をかっこみながら尻を叩いてくる。

　たしかにこれは、だれかと恋愛をはじめる千載一遇のチャンスだ。みゆきの夫もわざわざ協力してくれるのだし。

「わかりました。ご一緒させていただきます」

覚悟は半ばではあるものの、とりあえず返事をすると、

「じゃ、主人に伝えておくわね」

さくりとかぼちゃ天を食んだみゆきが、にこやかに頷いた。

＊

玉ねぎの皮は、水に浸しておくと驚くほど速く剝ける。

作業台には二十個近くの玉ねぎが並ぶ。これはカレーの具材。今週のカレーはチキンカレーだ。カレーのルウは小麦粉を炒めて一から作る。混ぜ込むスパイスは藤丸物産が取り扱っているインド製のものだ。

朝の仕込みの時間。杏子は玉ねぎの皮をつるん、つるんと気持ちよく剝いてゆく。テカリを放つ表面を見ていると、いつも田貫部長のおでこを思い出してしまう。

「杏子さん、髪型変えました？」

一心不乱に玉ねぎの皮を剝いていると、業務用小麦粉の袋を抱えた渚が横に来て顔をの

ぞき込んできた。

「わかる？　ちょっと毛先にパーマかけて動き出してみたんだけどどうかな」

制服として貸与されたバンダナキャップをつけているので、あまり気づかれないと思っていた。

「似合ってますよ。海月(くらげ)みたいで」

ふっと笑って言うと、持ち場に戻ってしまう。

「海月……」

それは誉め言葉なのか？

実は藤の君と会う約束の日までに、少しでも女っぷりを上げておきたいと思い、週末に美容院に行き、家でも鏡に向かってメイクの練習をしてみたり、お肌の手入れを念入りにしてみたりと、ふだんいい加減にすませていたことを丁寧(ていねい)に行ってみた。

彼に出会ってから、頭のどこかで、これまで以上に藤の君のことを考えるようになった。以前は社食の営業時間だけだったのに、今は朝起きて、すぐに彼について考える。エレベーターでぶつかったあの日のことも。

伊藤は、彼と同一人物なのだろうか。だったらいいな。

外に出ることが多いらしい彼は、なかなか社食に姿を現してくれない。会えないせいか、よけいに彼が気になってしまう。

　でも、そうして想いが募る一方で、どうも抵抗があった。このまま突き進んでいいのかどうか不安を覚えるのだ。恋とは、まさしくこんなふうに自分でも説明のつかない感情に振りまわされる状態をさすのかもしれないけれど。

　本人の顔を見れば少しはこの違和感の原因も明確になりそうだ。そういう意味でも、もう一度会いたいと思うのに――。

　玉ねぎを剝き終わったところで、控室から出てきた料理長が言った。

「さきほど酒類部一課から連絡があってね、週末は天気が崩れるから、花見の日を水曜日に繰り上げたいそうなんだ。注文も追加で八つ増えた。浦島君は通院で出られないそうなんだが、真澄ちゃんたちは大丈夫かな？」

「あたしはオッケーですよ」

　指で○を作って即答する真澄につられて「私もです」と答えそうになったが、

「あっ」

　水曜に繰り上がると、伊藤と会う予定の日とかぶってしまう。

「杏子ちゃん、都合悪い？」

「い、いいえ。ええと……」

困った。秀一との待ち合わせは午後四時半で、お弁当を作るとなると一番忙しくて大変な時間帯だ。抜け出すなんて許されない。

気づいた真澄が、はたと杏子を見た。

「あっ、杏子さん、その日ってもしかして」

「……うん。でも、いいの」

とっさに杏子はかぶりをふって打ち消そうとする。仕事を放ってまでも、するべきことではない。

「行かないなんてだめですよ。あたしが梢ちゃんと杏子さんの分も頑張るから大丈夫。気にしないでまかせて」

真澄が拳で胸を叩いて言ってくれる。頼もしい子だ。

「でも……」

しょせんは自己都合にすぎないし、下処理に手間のかかる山菜を扱う提案をしたのは自分だ。梢はいないし、おまけに急遽、注文数も増えているのに皆に迷惑はかけられない。

「なんか予定あるなら行ってくれれば？」

渚も言ってくれるが、やはり忙しいときに色恋沙汰ごときで休みを取るのは気が引ける。

妙な違和感を覚えていたのは、上手くいかないことを予知していたせいなのだろう。小さいころから、そういう虫の知らせみたいなのには敏感だった。ここで無理を通すのはやめたほうがいい。せっかくのチャンスだったけれど、自分の直感に従ってあきらめるのだ。

「大丈夫。残業できます」

杏子は料理長に告げた。

ここ数日、過熱気味だった感情が、急速に萎えしぼんでゆくのがわかった。


杏子は胸にぽっかりと穴が開いたような状態で、出来上がった花見弁当の具を折箱につめていた。

形よくからりと揚げられた、たらの芽天を、かぼちゃ天の横に置く。伊藤のために取り入れた春の味覚だったけれど、彼が食べることは当分ない。ここ数日、この天ぷらは自分たちを繋いでくれる縁結びの神器のように思えたのに。

「あっ」

天ぷらをうっかり箸で取り落とし、雉焼きの上にのっかってしまった。

あーあ、と心の中で溜め息をつく。残業は自分で納得して引き受けたのだから後悔はしたくないが、やむをえない状況だったとはいえ、こうなると落ち込む。

きっと彼が藤の君だったんだろうな……。

確証はないものの、時間がたつにつれ、そうとしか思えなくなってきて、惜しいような気持ちばかりが募った。

「余分に作ってあるんで気にしないでください」

手が空いたらしい渚が、杏子に代わって天ぷらを詰めはじめる。

渚は基本、自分に厳しい人で、ふだんはこちらにもその余波が来ている状態なのだが、ときどきわかりやすく優しいときがある。空だった天ぷらのスペースはみるみる埋まってゆく。手際のよさはいつもどおり。盛り付けのバランスも均一に整っていて、どれもサンプルみたいにきれいだ。

「あと八分ですよ」

渚に告げられ、引き取り時刻が迫っているのに気づいた。渚の箸捌きに見惚れている場合ではない。できることを見つけて動かねば。

杏子は天ぷらを詰め終えた折箱を炊飯器のもとへ運んだ。次はみゆきが、粗熱をとった炊きたてのあたたかな炊き込みご飯をふっくらと詰め、カウンターに並べていく。最後に真澄が食堂側から木の芽をあしらい、蓋をして、箸を挟んでゴムをかければできあがりだ。

「二十九個完成ー」

カウンターにずらりと並んだ春らしく華やかなお弁当を誇らしげに見下ろして言う。

「このメニューでお値段四〇〇円ならお買い得。きっと満足してもらえるね」

杏子もお弁当を入れる袋を広げながら言う。長時間勤務の疲れが、気持ちのよい達成感のおかげでやわらいだ。

「お疲れさまっす。できてますか?」

ちょうど予定時刻きっかりに、酒類部の係の人が数人、食堂にやってきた。

「できてます。おねがいしまーす」

みんなで数を確認しながら袋に入れて手渡し、無事に納品が済んだ。

片付けと清掃が済んで残業が終わったあと、

「見て見て、杏子さん、このパイナップル、糖度高そうじゃない? 余ったら食べたいって思ってたんだよねー」

真澄が冷蔵庫から、昼のデザート小鉢(こばち)に使われたパイナップルの残りを持ち出してきた。

「うう、これ朝、嫌というほど切ったやつ……」

パイナップルの皮はかぼちゃよりはマシだが、けっこう固い。途中から渚が手伝ってくれたから間に合ったけれど、八割切り終えた時点で予定の時刻を過ぎてしまった。

「これ、もう食べちゃっていいんですよね、料理長?」

真澄が、フライヤーの横で渚と廃油作業をしていた料理長に問う。

「ああ、いいよ」

「やった。あとで渚と三人で糖度当てっこしようよ。度数が正解から一番遠かった人が負けで、夕ご飯、奢（おご）りね」

真澄が言い出した。真澄は帰り道がおなじ渚によく懐いていて、ときどきふたりで飲んで帰っているようだ。真澄に引っ張られてふたりが帰途につく姿を見ると、いつも仲良しの兄妹みたいだと思う。

廃油の処理を終えて戻ってきた渚に、真澄が糖度の勝負をもちかけると、渚は「いいよ」と自信ありげな顔であっさりと応じた。

杏子は甘そうに色づいた果肉の表面を見ながら言う。

「私はさっぱり見当つかないなあ」

渚が教えてくれる。たしかに、ときどきスーパーの果物売り場で「糖度十八度以上」と売られてるのを見かけたことがある。

「十五度あれば甘いって言われてます」

さっそく渚が手を洗ってから包丁を手にし、半分に切られたパイナップルに刃先を入れた。

「上のほうと下のほうとでは甘みが違うんで、三人とも一番下の甘いところで勝負です」

　さくりさくりと一口サイズに切れ目を入れ、それを竹串に刺して用意してくれる。こんなときでも一連の手捌きは無駄に美しい。

「いただきまーす」

　差し出された一切れを口にしてみる。甘くて、そこにほのかな酸味がきいていておいしい。

「ずばり十六度ね」

　ぱっとひらめいたようすで真澄が言った。

「うーん、けっこう甘いから、私は十七度くらいかな」

　杏子は完全にあてずっぽうで言ってみた。

「尻にほどよい弾力があったし、香りもよかった。切ったときの果肉の感触と芳醇な果汁の量で二十度近くはある」

　渚の答えには迷いがない。

「どれどれ、正解はー……」

　糖度計を持ち出した真澄が、先端をぷすりと果肉にを刺して糖度を確かめると十九・五度だった。

「うへえ。一番遠いのあたしじゃん……」

渚はほぼ正解を言い当てた。料理人は糖度まで把握できるものなのか？

「じゃ、今夜は綾瀬のおごりで決まりな。ステーキ懐石でも食べに行くか」

しれっと彼が高級料理の名を出す。

「なに言ってんの。渚のお店に行こうよ」

「は？」

「渚のお店ってなに？」

思わず聞きとがめる。

「渚が修業しながら働いてたとこ。金造さんにお願いして安くしてもらうんだもーん」

少々唇を尖らせて真澄が言う。

「金造さんてだれ？」

「店主ですよ。俺の師匠です」

そうか。渚を料理人にした指導者が存在するのだ。どうやってこんなきれいな包丁捌きの職人が出来上がったのか、興味深い。

「行こうよ。私も行ってみたい、渚君が修業したお店」

きっと凄腕の料理人に違いない。

　渚はあまり乗り気ではなさそうだが、女子ふたりから迫られて断りきれず、不承不承（ふしょうぶしょう）という感じで頷（うなず）いた。

　渚が働いていたという店は〈食道楽（しょくどうらく）〉という屋号の和風の小料理屋だった。築地（つきじ）市場からほど近い、勝（かち）どきの細い路地裏に立ち並ぶ店のうちの一軒だ。長らく常連に支えられてきた風情（ふぜい）の、古くこぢんまりしたたたずまいだった。

「ごめんください」

　まだひんやりする春の夜風にゆれる暖簾（のれん）をくぐって店に入ると、七席あるカウンター席は端から三席がすでに埋まっていた。左手にも二人掛けと四人掛けのボックス席があって、四人掛けのほうにも三人の客がいた。

「よう、渚か。今日は両手に花じゃねえか」

　客が渚と認めるなり、カウンターの奥で調理をしていた金造とおぼしき初老の男性が威勢の良い声でひやかしてきた。

　渚は「どうも」とだけ言って会釈（えしゃく）して聞き流し、カウンター席に杏子と真澄を促す。

「金造さーん、こんばんは。また来ちゃった。こっちは同僚の杏子さんだよ」

真澄がひらひらと手を振って陽気に挨拶をした。

「はじめまして」

杏子は軽く頭を下げ、金造に挨拶をした。杏子を挟んで右に真澄、左に渚が座った。

「いらっしゃい。渚が世話になってるね。たくさん飲んで食べてって」

金造さんは人懐っこい笑みを浮かべて言った。一見、厳めしそうな印象を受けたが、よく見ると白髪交じりの太い下がり眉や、ぽってりとした唇が情の深さを感じさせる、面倒見のよさそうな人だった。

「飲み物、俺はとりあえずビール。綾瀬はハイボール？　杏子さんはなにがいいですか？」

「私は梅酒で」

酒はあまり強いほうではなくて、甘みのないビールや日本酒も苦手だ。

三人分の飲み物を頼んだ渚は、「あとは適当に頼んでください」と言いながらお手拭きを回してくれた。

店内には魚の焼けるけむりと香ばしい匂いが立ち込めている。

カウンターにはおいしそうな大皿料理がずらりと並んでいて、見ると急にお腹が空いてきた。

「お魚が食べたいな。筍と鰆の木の芽焼きがおいしそう、お願いします」

壁に貼られた一筆書きを見ながら杏子は頼んだ。

「あたしは串焼き盛り合わせとこのまえのサラダをおねがーい。春菊(しゅんぎく)と鯛(たい)のやつね」

「俺は初鰹(はつがつお)の塩たたきと、あと、焼きそら豆ください」

「はいよ」

金造が手元の作業に集中しながら承(うけたま)った。今はほかの客の注文料理を調理しているみたいだ。奥からお手伝いらしき年配の女の人が出てきて、渚に挨拶をしながら豆鯵(まめあじ)の南蛮(なんばん)漬けを出してくれた。突き出しのサービスのようだ。

「渚君、いつからこちらでお世話になってたの？」

杏子は賑(にぎ)やかな店内を見まわしてから問う。

「もとは母がここの常連で、俺もたまに食べに来てました。それで金造さんが人手が足りないと困っていたから、高校の帰りにバイトをするようになって」

「つっても、おめえ高校時代はロクに働きに来なかっただろ。勉強ばっかして」

「渚はN校だもんね。そりゃバイトなんかする時間ないわ」

豆鯵をつつきながら真澄が言うので、杏子は耳を疑った。

「えっ、それって偏差値(へんさち)七十越えの、ものすごい進学校だよね？」

地方出身の杏子でさえ耳にしたことがある。

「一応」

「大学もＨ大なのに半年で中退しちゃったんだよ、もったいないでしょ」

「ええっ」

勉強が嫌いでほかに進む道もないから、高校卒業後はなんとなく調理師専門学校に進んでそのままテキトーに飲食店に就職して今日までやってきました、みたいなのを勝手に想像していたので、これには驚いた。

「そんないい大学に入ったのに、どうして辞めちゃったの……？」

凡人は死に物狂いで勉強しても入れないようなところだ。もったいないの一言に尽きる。

「母が亡くなったり、いろいろあって」

渚は出された飲み物をこちらにまわしながら、淡々と答える。

すると金造が言った。

「渚は母子家庭だったからよ、母親までいなくなっちまって、けっこう大変だったのよ。こいつもまだ勉強しかできない頭でっかちの頼りねえガキだったしよ。なあ、渚」

「昔のことは、あんまりほじくらんでくださいよ」

渚がめずらしく恥ずかしがって拗ねたような表情を見せた。

「そうだったんだ」

そういえば杏子は、渚のことをほとんど知らない。一日の中でもかなり長い時間、同じ空間で仕事をしているというのに。

「渚のママは美容師さんだったんだって」

真澄が出来上がったサラダを金造さんから受け取りながら教えてくれた。生のフレッシュな春菊と白髪ねぎに真鯛の刺身が入った贅沢なサラダだ。玉ねぎの風味のドレッシングがかけられていておいしそう。

「そうなんだ。手先が器用なのは母譲りなんだね」

「母もですが、祖父も器用な人でした。母の実家は横浜で小さな料理屋を営んでいて、祖父は料理人だったんです」

「おじいちゃんも？」

「ええ。祖父母は他界して、今はもう店もないんですが。ここみたいに居酒屋も兼ねた、古いけど居心地のいい店でした」

「そうそう、じいさんみたいな料理人になりてえって俺に頭下げたんだよな」

金造が懐かしげに口を挟んだ。

「じゃあ、本格的にここで修業をはじめたのは大学を辞めてから？」

真澄から分けてもらったサラダを食べながら杏子は訊ねた。くせのある春菊と真鯛が意外にもさっぱりと馴染(なじ)んでおいしい。

「そうです」

「天涯孤独(てんがいこどく)の無一文(むいちもん)で気の毒だから俺が拾ってやったのよ」

冗談めかして言う金造は、渚を弄(いじ)って楽しそうだ。

「渚君って苦労人だったんだね……」

これまで渚の背景について考えたことなどなかった。

「それより杏子さん、今日は落ち込んでましたね」

過去にふれられるのが嫌なのか、渚は焼きそら豆を口に入れながら話題をすり変えた。

しっかり見られていたようだ。ただし責めるというよりは気遣うふうの口調だった。

「ごめんね。足を引っ張っちゃったかも」

梅酒をぐいとひと飲みしてから、杏子は詫(わ)びる。

「杏子さんの推しの社員が海外に行っちゃったんだよ。今日、会うはずだったんだけど残業で会えずじまいで」

真澄が軽く説明すると、

「ああ。なるほど」

だから一昨日、返事を渋っていたのかと渚が納得した。

「帰国を待つという選択は？」

「そんな女、重くて引かれるでしょー。ああいうのはノリでサクっと進めないとダメな案件」

「そう。ご縁がなかったってことなのよ」

杏子は肩をすくめた。横槍が入ってしまう時点でダメなのだ。

「でも、ほんとによかったの？　我慢してあきらめちゃって。あたし知ってる。梢ちゃんの通院って、あれ嘘だから。あの日はイケボ声優との握手会って言ってたもん。ただのオタ活だよ。代わりに入ってもらったらよかったのに」

真澄が渚の瓶ビールを横取りして手酌しながら言う。

「うん。聞いてる。でも梢ちゃんは悪くないよ。私よりも先に決まってたことだし、ちゃんと謝ってくれたし。あの日のために握手券付きグッズ買いまくって頑張ったんだから、台無しにしたらかわいそうだし」

「かわいそうなのは杏子さんもでしょ。人生かかってんのに」

「私はいいよ」

小さいころ、姉妹げんかになると、我慢して身をひくのはいつも一番年上の杏子の役目だった。だから慣れているし、自分が身を引いて事が丸く収まるようなときは、つい癖で引いてしまう。長女のせつない性だ。

「でもひとつなにかを我慢すると、代わりに別のどこかでいいことがあるって、お母さんが言ってた」

「そうなの？」

「うん、そうなの」

母が、理不尽な我慢を強いた娘に用意した、ただの慰めにすぎなかったのだろうけれど。きっとまた、いつかどこかでいいことがあるから。そう信じて、自分に言い聞かせて、毎度やり過ごしてきた。今回もそうだ。

「はい、おまたせ」

鰆の木の芽焼きや、串焼き盛り合わせが一気に出された。

鰹のたたきを味わいながら、女子の話をじっと黙って聞いていた渚がそれを受け取って回してくれた。

杏子は香ばしく焼けた鰆の切り身に箸をつけながら嘆く。

「あーあ、どっかにいい人いないかなぁ」

タイムリミットは刻一刻と迫ってくるばかりなのに。

「いるじゃねえの、そこにいい男が」

金造がにやりと笑って、渚を顎で指した。

一応、渚の横顔を見やるが、

「私、年下はパスです。ずっとお姉ちゃんで頑張ってきたから、恋愛対象は絶対に年上って決めてるんです。でないと甘えられないし」

思えば小学生時代から、好きになる男子は必ず年上だった。広い懐であやしてもらうのが夢だ。

「そりゃ残念です」

渚がお愛想でどうでもよさそうに流すと、金造が言った。

「姉ちゃん、そうやって自分で選択肢を狭めてちゃあ損するだけよ。もうちっと視野を広げておかねえと」

「そうかもしれません」

こだわりなどないほうがいいのだろうとは思う。

「渚は遊ぶのはいいけど結婚はしたくないタイプよね。だって家事サボったら三徳包丁で捌かれそうだもん」

真澄が言うと、

「うん、三枚おろしにしてやるよ」

にっこりと笑って渚が返す。

「ははっ、渚は完璧主義に見えて実はだらしねぇやつだよ」

金造が暴露するので、杏子も同調した。

「わかります。制服の釦をはめてないときあったし、いっつも社員証つけ忘れてるし」

「どうでもいいところは、どうでもいいんで」

「社員証は大事なところじゃないの？　どうしていつもしてないの。もしかして失くした？」

杏子が問うと、

「ああ、どっかいきました」

と、グラスを呷りながらうそぶく。

「えー失くしたとか嘘でしょ、あれで出退勤チェックしてるんだから」

真澄も突っ込む。ほんとこういうところ適当な男で謎だ。

「でも今日はよかったねー。おいしい春の味覚を社員のみんなに届けることができたもん」

酔いの回り始めた真澄がほがらかに言う。

「うん。そうだよね」

杏子は串焼きのアスパラベーコンを味わいながら、頰をゆるませる。真澄はもしかしたら、落ち込んでいるところを励ますために飲みに連れ出してくれたのかもしれない。渚もわかっていて、それにつきあったのかも。そう思うと、あたたかな気持ちになった。

　梅酒を飲み干した杏子は、ふっきるように言った。

「もういいや。どうせ人生って思うようにいかないものなんだし」

　つくづくそれを実感している。物事が夢見たとおりにうまく運ぶことは稀で、たいてい理想とは微妙にずれている。

「ええ。だから、そのなかで、それなりの喜びや楽しみを見つけて生きていけばいいんです」

　渚が、いつのまにか頼んだ焼酎を美味そうに飲みながら言う。

「そうそう、こうやっておいしいお酒とご飯が食べられるのは幸せなことよねー。渚の奢りだしね」

「ん？　今日はおまえの奢りだよね、綾瀬？」

「え、そうだっけ？」

「糖度十六度」

「なんのお話ですか？　渚センパーイ」

「もうみんなで割り勘でいいじゃん」

杏子が真澄のグラスにビールを注ぎながら笑った。

翌朝。

藤の君を見つけ出すという目的の失せた藤丸物産に、ひどくつまらない思いで出社した。

一夜明けると、お酒で忘れたはずの後悔(こうかい)がじわじわとこみ上げていた。

いっそ強引に伊藤に会ってでも、コマを進めるべきだったのかもしれない。たとえ彼が藤の君ではなかったとしても、彼氏いない歴＝年齢の現状から脱せる可能性はおおいに秘めていた。

はあ、と一つ溜息をついてエレベーターを待っていると、そこにみゆきと真澄がやってきた。

「おはよう、杏子ちゃん」

「おはようございます」

「おはよーございます。飲みすぎて頭痛い」

二日酔いらしく、真澄は青白い顔でこめかみを押さえている。

あれから二時間近く、明日には忘れてしまうような他愛(たわい)無い話をしながら飲んで、結局最後は渚が支払いをしてくれて、帰途につくころ彼女はほとんど寝ていたので、ひきずるようにして渚が連れて帰った。毎度のことらしい。

「真澄ちゃん、大丈夫？　渚君もかなり飲んでたけど大丈夫かなあ」

涼しい顔で真澄の倍くらい飲んでいたが。

「大丈夫。あいつは底無しだから」

「杏子ちゃんこそ、昨日から元気ないみたいだけど大丈夫？　昨日のこと、がっかりさせちゃって、誘ったのがかえって悪かったね」

浮かない顔に気づいていたらしいみゆきが、心配そうに声をかけてきた。

「そんな、とんでもないです。私のほうこそすみません。せっかく時間つくっていただいたのに」

「伊藤さんは、杏子さんの運命の人かもしれなかったんですよ」

真澄が言った。

「運命の人？」

そこでエレベーターが来たので、待っていた人たちに混じって乗り込む。

満員のエレベーター内で会話はしづらいので、黙って二十階に到着するのを待ってから、

「そう。杏子さん、二か月前にエレベーターでぶつかったイケメン社員を探してたんです。

対応が優しかったから、もう一度会いたいって。で、その人、どうやら苗字に藤の字があったみたいで」

　エレベーターを降りると、真澄は話を続けた。もう終わったこと――少なくとも杏子はそう感じているので、半分、笑い話だ。

「苗字に藤の字……？」

　みゆきがエレベーターホールで足を止めた。

「そう。社員証に藤の字があったのを、この目で見たんです。逆に手がかりはそれしかなくて。伊藤さんには藤の字がついているから、あのときの運命の相手かもしれないと」

　勝手に盛り上がって期待していたのだが。

「うーん。……となると、彼は違うわね」

「えっ」

　神妙に告げられ、杏子は眼を丸くした。

「だって彼の苗字は伊に藤ではなく、伊に東ですもの」

「伊に東で、伊東？」

「そう」

　つまり、苗字に藤の字はなく、藤の君ではなかったということだ。

「なにそれ、思いっきり勘違いじゃーん」

真澄がぶっと噴き出し、笑いだした。

「そうだったんだ……」

ずっとあった違和感の原因はこれだったのだろうか。

「ごめん、たしかに伊藤といわれれば、ふつうは伊に藤を思い浮かべるよね」

みゆきがくすくすと笑いながらも申し訳なさげに詫(わ)びる。

「これで藤の君探しもふりだしに戻ったね。よかったじゃない、杏子さん」

真澄にぽんと背中を叩かれる。

「うん……、よかった」

伊東には会う必要はなかったのだ。

杏子の胸はにわかにさざめきだした。藤の君はまだ社内にいる。そんなに落ち込まなくとも、再会のチャンスはあるということだ。

「あ、そういえば」

三人で厨房(ちゆうぼう)に向かいかけていたが、杏子はひとりだけ足を止めて引き返した。きのうは忙しくて、意見箱をチェックするのをうっかり忘れていた。

意見箱の前に戻ると、中身を確かめるために箱の底をスライドさせた。

とたんに、箱の中からなにか細かいものがひらひらと舞い落ちた。

「あ」

音もなく床に散らばったのは、薄紅色(うすべに)の桜の花びらだ。

箱をゆすっても、意見の紙はない。ただ花びらが入っていただけだった。

昨夜、花見の宴会後、残業のために社に戻った社員のだれか——おそらく意見箱に天ぷらをリクエストした人がここに入れてくれたのだろう。感謝の気持ちを込めて。

「きれい……」

杏子はその場に立ち尽くし、床に舞いおりた桜の花びらをしばし眺めた。

少しみずみずしさが失われているものの、まだ花びらは生きている。

ちょっと後悔もしたけれど、やっぱり頑張ってお弁当を作ってよかったな。

素直にそう思えて、自然と顔がほころんだ。

第二話　縁結びの照り焼きチキン定食

デスクで事務作業をしていた総務部広報課の平原紗由(ひらはらさゆ)は、ちらと腕時計を見た。

午後一時五十三分。そろそろ食堂の片づけも終わる頃だろう。

「社食の取材の打ち合わせ、行ってきます」

筆記用具とメモ帳、それにスマホを手にして席を立つと、部長席でパソコンに向かっている田貫正(たぬきただし)に告げる。

「はい、よろしく。行ってらっしゃーい」

田貫部長が画面から目を離さないまま、声だけ陽気に頷(うなず)いた。

五〇代半ばの田貫部長は、仕事はそれなりにできるが身長が一六四センチと低く、おまけに小太りしていて愛嬌(あいきょう)のあるたれ目なので、苗字(みょうじ)のとおりタヌキに見える。社食運営課の社員たちが、ひそかにコダヌキ部長と呼んでいるのを耳にしたこともある。

紗由は入社四年目だ。はじめは営業事務をしていたが、二年ほど前にこの総務部広報課に異動になり、以来、ずっと社内報の制作を担当している。

藤丸物産の社内報は隔月で、毎度テーマを決め、それに関連する記事を見開きで二頁ほど、ほかに社内イベントや新商品の紹介、新人や中途入社者のピックアップ、対談、社内表彰者の掲載、連載企画などを加えて構成する。

製作は二人体制だが、もうひとりは企画と編集担当で、具体的な取材や執筆は紗由がメインで行っている。使用する写真も、小さなものは紗由の撮影だ。

今日は二十階にある社員食堂〈キッチン藤丸〉の取材に行くことになっていた。

「社食か……」

ホールでエレベーターが降りてくるのを待ちながら、紗由は軽く溜息をついた。

文章を書くのは好きだし、写真撮影も得意なのだが、社食の取材は気が進まない。

実はわけあって、あそこには足を踏み入れたくないのだ。

お昼ご飯を一緒に食べている総務部の先輩たちは、ふだんはみな気分転換を兼ねて外の店に出掛けたがるので問題ないのだが、雨の日は社食ですます傾向にある。そんなときは、紗由は「忙しい」とか「今日は食欲がないので」とか適当な言い訳をして、ひとりデスクでコンビニで買ったおにぎりやパンを食べる。それくらい社食には行きたくない。社食の利用なんて、月に一回ほど、同期から声がかかったときくらいのものなのだ。

ところが先々月になって急に田貫部長に呼ばれ、

『四月号から毎度、ランチメニューを一点紹介して、社食をアピールするように』

と命じられた。なんでも社長の高藤柾文から直々に指示があったのだそうだ。

〈キッチン藤丸〉は、もともと高藤社長の肝いりで設けられた福利厚生施設だ。

たしかに社食のメリットは多い。管理栄養士が監修した栄養バランスのとれた食事を安価で食べることができるし、食事を買いに行ったり、外の飲食店まで出向く必要がなくなるので、休憩時間を効率よく使うことができる。〈キッチン藤丸〉のようにおしゃれな社食なら、社員たちものびのびとリラックスできて、業務の効率化にも繋がるだろう。

でも紗由は、わざわざ社内報のページを割いてそれをアピールせねばならない理由がみつからなかった。

『毎日、ほぼ満員御礼の社食をなぜ社内報で宣伝しなくてはならないんでしょうか?』

紗由は田貫部長にたずねた。

とくにみんなが外に出たがらない雨の日は、かなり混雑すると聞く。

『そりゃあキミ、社員のモチベーションを上げるためだよ。美味い料理を出す洒落た食堂が我が社にあるというだけで、なにやらうれしい気持ちにならないかね?』

『…………』

それは部長だけじゃないですかと突っ込みたいのを堪えていると、さらに御託を並べた力説が続いた。

『社内を多様な角度から描くことで、社員が社に対して理解と愛着を持つようになる、それによって帰属意識が高まるのだよ。〈キッチン藤丸〉などは我が藤丸物産の胃袋を担う重要部署だ。しっかりとアピールしておかねば』

『はァ、なるほど』

食べるのが生き甲斐の田貫部長らしい発言だ。

『あ、そうそう、取材用の料理は無償で提供してもらえるそうだよ。もう、タダ飯食べてレポートするだけなんて、こんなおいしい仕事はないよね。ほんとなら僕が引き受けたいところなのだが、料理長の井口君から記者は若い女子社員がいいと言われてるからだめなのだよ』

しょんぼり肩を落とし、心底残念そうに言う。

『なぜ若い女子社員なんでしょうか？　ちなみに私、もうじき二十七ですけど』

入社して間もない子たちに比べたら、とても若いとは言えない。

『さあ。井口君が女好きだからじゃないの。……いや、違った。彼は上に超がつくほどの愛妻家だったな。まあ、あれだろうね、僕みたいなオッサンより、若い女子社員が書いた記事のほうが洒落た内容に仕上がるから、その宣伝効果を見込んでるのだろうね。あ、二十七なんて我々からしたら全然若いから。ぜひとも平原君の鋭い目線で斬新な食レポをしてくれたまえ』

いずれにせよ社長からの指示に逆らうことはできないので、紗由はしぶしぶ「わかりました」と頷いたのだった。

二十階の〈キッチン藤丸〉に着くと、すでに営業時間を過ぎているため、ホールは無人でがらんとしていた。ガラス張りの向こうには高層ビルの建築群と東京湾が広がっていて、今日は天気もいいのではるか沖まで見渡せた。

社食の取材は今回で二度目になる。今月初めに配布された四月号ではスタミナ満点の豚丼を紹介した。料理は文句なしにおいしかったので、素直にその感想を絡めた紹介文を写真とともに載せた。記事はわりと好評だったという話だ。

厨房からは食器洗浄機の稼働音がしている。カウンターから厨房を覗いてみると、片付けは八割がた完了しているふうだったが、若い女性スタッフ三人がいて、大ぶりの鍋を洗ったり、作業台の拭き掃除をしていた。

彼女たちは自分とおなじ総務部の所属だが、社食運営課は基本的に独立した組織だし、この取材がなければほとんど係わりもなく、メンバーについてはおおざっぱにしか把握できていない。

紗由の姿に気づいたスタッフがひとり、こちらにやってきた。

「平原さん、おつかれさまです」

化粧っ気のない、顔もスタイルもすべて平均値といった印象の子だ。先月の取材のとき世話になった皆川杏子だった。

「おつかれさまです。六月分の紹介記事についての相談にまいりました。井口料理長は……？」

紗由が問うと、

「料理長ですね。ちょっとまっててください」

杏子はいったん、厨房の奥にある控室に入っていった。

杏子みたいな凡庸な顔は、実はとりたてて欠点がない顔でもあって、メイク次第では大いに化ける伸びしろがあるのに、本人は手を尽くそうとしてないからもったいない。と、紗由は先月、彼女と話したときも他人事ながら思った。

料理長を待つあいだ、紗由は残りのふたりのスタッフに目をやった。

シンクで威勢よく寸胴鍋を洗っているのは品のあるギャルといった風情の綾瀬真澄。社食の看板娘と言われているだけあって、目鼻立ちのはっきりした生来の派手顔で、決して濃くはないが、ほどよく化粧がほどこされていて華やかだ。

そのとなりで拭き作業をしているのは、小柄で丸みのある女子。名前は知らない。花にたとえるなら真澄が牡丹でこちらはタンポポ。さっき控室に入った杏子は白椿あたりだろうか。

その白椿が、またすぐに控室から戻ってきた。

「ちょうどいまからミーティングはじめるので、平原さんも同席してください」

「わかりました」

「真澄ちゃんたちも来て」

杏子が声をかけると、彼女たちも返事をして作業を切り上げた。

控室に入ると、料理長を含めた三人のスタッフがすでに白い会議用テーブルを囲んでなにかの打ち合わせをしていた。

藤丸物産は私服勤務ＯＫの会社だが、社食のスタッフはみな、社から貸与された白いコックコートにチャコールグレーのギャルソンエプロンをお洒落に締めている。個人的にはこの統一感が好きだ。

「ああ、平原君、いらっしゃい。田貫部長から聞いたよ。今月の記事、好評だったみたいだね。喫食率も伸びてるんだ。きみのおかげだよ」

料理長がにこやかに言った。井口隆史。社食新装時に高藤社長に引き抜かれ、喫食率を三〇%も上げた凄腕料理人で、若かりしころの華やかさを存分にたたえたイケオジだが、性格は飄々としていてつかみどころがない。

「いえ、こちらこそごちそうさまでした。四月号は定番の新入社員紹介があるので、ふだん斜め読みや読まずに捨ててる社員たちも注目したはずです。そのおかげで社食ネタにも惹かれたんでしょうね」

「みんな食べ物には弱いからね。今回はなにをネタにする?」

「一応、考えてありますが、そちらのおすすめはありますか?」

「うーん、サイクル的には照り焼きチキン定食あたりがいいかな」

料理長が思案しながら言った。

「えっ」

紗由はその料理名を聞いたとたん、ずしりと鉛でも飲み込まされたような心地になった。

「照り焼きチキンですか……」

それだけはだめだ。正直、もう見たくもない。これまで社食に寄りつかなかったのも、

実はその照り焼きチキン定食が原因なのだ。よりにもよってなぜ、と嘆きつつ断るための口実を探していると、

「あ、照り焼きチキン定食といえば――」

料理長の向かいの管理栄養士の南雲みゆきが、思い出したように言った。

「主人が若い子から聞いた話なんだけどね、最近、うちの社食で照り焼きチキン定食を食べた子がその日に良縁に恵まれたり、求婚されたりが続いたんですって。だから『社食で照り焼きチキン定食を食べると恋愛の運気が上がる』という噂がまことしやかに流れて、ひそかに縁担ぎで食べにいく女子社員が増えてるそうよ」

「えー、ほんとですか？」

三人の女子スタッフらが色めきだった。

良縁を期待して鶏肉を食べる女子社員って……。

肉食女子感丸出しじゃないかと内心思っていると、

「そういえば、照りチキ定食はこのところ一番はじめに売り切れてるよね」

料理長が言った。メニューは一週間分が事前にウェブ上で公開されており、予約ができるシステムになっているのだが、予約分は毎度、早々に完売しているという。

「まさか。単なる偶然でしょう？」

紗由は苦笑しながら言った。自分は縁担ぎなど信じないタイプだし、神頼みなどもほとんどしたことはない。そもそもあの照り焼きチキンにそんな威力があるわけない。むしろ真逆の呪われし食べ物ではないか。と思いきや、

「もともと鶏肉は縁起がいい食べ物ですもんね」

料理長のとなりの若いスタッフがさらっと言った。目鼻立ちのまあまあ整った男子。たしか最近、社食運営課に入ってきた調理師で名前は――。

なんだっけな?

先月の取材時に聞いた気がするが思い出せない。調理師だから正社員のはずだが、なぜか社員証をつけていないからわからない。

「縁起物なの?」

みゆきが意外そうに問う。

「朝いちばんに鳴く鶏(にわとり)は、別名、明けの鳥といって太陽を呼ぶ神の使いとされてます。ほかにも、酉年(とりどし)はお客や運をとり込むということで商売繁盛(はんじょう)すると言われていて、鶏料理は開運フード扱いですよ」

名無し調理師に続いて料理長が言った。

「そうそう、お隣の中国でも、鶏は中国語の「吉」と同じ発音で縁起がいいからって、

春節に鶏料理が食べられてるよね」

「じゃ、やっぱ効果あるんだ。次回のネタは縁結びの照り焼きチキン定食でいいじゃん」

真澄が乗り気で言い出した。

「だめですっ」

紗由はとっさに、両手で机を叩いて拒んでしまった。

「え、なんでですか？」

いきなりの剣幕に、真澄をはじめ、みなが一斉にこちらを向いた。

「平原さん……、照り焼きチキン、お嫌いですか？」

杏子がおずおずと訊ねてくる。

「えっと……嫌いというわけではないんですけど……」

紗由は歯切れ悪く返す。記事にするためには、実際に照り焼きチキンを食べなければならないが、あれは、あれだけは絶対に御免なのだ。

「たぶん、ほんとうの味を味わえなくて記事が書けないと思います、すみません」

「…………」

事実なのだが、他人には意味のわかりづらい返答だったせいか、全員が「どういうこと？」とけげんそうにこっちを見ている。しかしこの場でうちあけるような理由でもない

ので、紗由はコホンとひとつ咳払いをしてから、

「そもそも、そんな浮ついた眉唾レベルのネタを記事にするわけにはいきませんから。仮にも社内報なので」

それらしい理由できっぱりと断じると、一同は「たしかに」と納得してくれた。

「では、平原君は、どんなのをネタにしたいんだい？」

料理長が気をとりなおして訊いてくる。

「今回は鰆の菜種焼き定食がいいかなと思ってました」

日替わり定食のメインとして献立表に載っていたものから、なんとなくおいしそうなものを選んだ。菜種焼きは、卵の黄身を使った焼き物の一種で、今回は鰆の上にグリーンピースを混ぜた菜種衣をふんわりとのせて焼きあげてあった。グリーンピースの緑と卵の黄色のとりあわせが菜の花を思わせる、彩りのよい料理だ。

「ああ、菜種焼きね。しかし今回の取材は六月の分だろう？　鰆の旬は五月いっぱいまでくらいだからねえ。ちょうど月末には終わりにする予定なんだよね」

「そうでしたか」

しまった、実家は石川県で海育ちのくせに、魚にシーズンがあることを忘れていた。

紗由は少し考えてから言った。

「では、六月から出す新メニューがあれば、それを取材しようと思います。もう決まってますか？」

「まだはっきりとは決めてないよね、みゆきさん」

料理長がのんびりとした表情で問う。

「ええ。魚料理がご希望ですか？」

みゆきに問われる。

「いえ、なんでもかまいません。前回が丼ものだったので、今回は日替わり定食か麺ものでいきたいというのはありますが。そちらが推したい新メニューを用意していただければ」

「わかった。では、決まり次第、連絡するよ」

「どのくらいかかりそうですか？」

手帳をひらきながら紗由は問う。

「今日中にメニューを決めて、田貫さんに確認もらって、仕入れ、試作、提供……で、だいたい五日後くらいかな」

「わかりました。では五日後、この時間に取材に参りますので、よろしくお願いします」

紗由はそう言って頭を下げた。

作る人の腕は確かだ。照り焼きチキン定食でさえなければ、なんでもおいしく食べられるだろう。どんな料理がでてくるか、純粋に楽しみだった。

*

「取材用の料理、なににします?」

広報課の紗由が去ったあと、杏子は残った食堂スタッフのみんなに尋ねた。早いところ決めて、彼女に伝えておきたい。

「魚料理が好きみたいだから、日替わり定食の魚バージョンでいきましょう。どの魚でいこうかしら。やはり季節感は出したいわよね」

みゆきがタブレットの画面に表示された過去の献立記録を眺めながら言った。

「季節の料理ってよく出ていきますすよね」

と杏子が言う。

「そうね。定番も必要だけど、食べるほうは常に変化を求めているってことなのよね」

「ですが、あまり突飛(とっぴ)なメニューにしてもよくない」と渚(なぎさ)。

「そう。王道を押さえとくことは大事。……六月に旬を迎える魚の中で、鱸(すずき)のムニエルなんかを考えてたんだがどうだい？　鱸を焼いた旨味たっぷりのオリーブオイルを利用して、オフィスなのでにんにくは控えめ、代わりに香草を加えたトマトソースをかける」

「あー鱸は大好き。料理長特製のソースで食べたいですっ」

料理長の提案に、真澄が右手を挙げてのってきた。

「ソース仕立て、いいですね」

さっそく杏子も食べたくなってきた。淡白な鱸にハーブの香りいっぱいのトマトソースが絡む。おいしそうだ。

「久々にマイナーチェンジする照り焼きチキン定食でいってほしいんだけどねえ」

料理長は嘆息した。

照り焼きチキンは定番アイテムで、偶数月に登場させることになっている。もちろん毎度、付け合わせや小鉢で変化をもたせて提供されるが、今回は下味やたれなど、チキン自体にも手を加えるようだった。

「あの広報課の人、なんであんなに照り焼きチキン嫌がってはったんです？」

梢が不思議そうに言う。

「私も気になったわ。ずいぶん頑なな感じだったわね。ほんとうの味を味わえないって、嫌いというのとはちょっと違うみたいだけど」

みゆきも小首をひねる。

「なにか過去に嫌な思いをしたんじゃないですか？　食べすぎたとか、食あたりしたとか」

渚が言う。たしかに一度、食あたりしてつらい思いをした料理には、その後かなり警戒してしまうものだ。

「そんな私的な事情で断ってもいいもんなの？　せっかく料理長がおすすめとして出したのに」

真澄がつっこむと、料理長が言った。

「嫌な思いの度合いによるかもね。食あたりでも少し腹を下した程度ならいいが、救急車で搬送されるほどなら、さすがにあまり食べたくないだろう。彼女の場合、条件反射って感じだったよね」

「俺も見ました。照り焼きチキンの名を出された瞬間、顔色が変わってた」

料理長も渚も、あいかわらずよく見てるな、と杏子はひそかに怖くなった。ふたりとも、同時にいくつものことを並行してこなすマルチタスク能力に長けている。ふだんはどちらものんびりしているが、調理中はAとBをやりながらCのことを考え、Dも見ているといった具合で、厨房内にはひっきりなしに彼らの指示が飛び交っている。

「ふうん、じゃ、そうとう嫌な思いをしたのねー」

真澄が頬杖をついて言う。

「なんだろ。そんなに嫌な思い出って、食あたり以外なさそうだけど……」

ほんとうの味を味わえないなんて、かなり意味深な言い回しだった。杏子が気になってきてつぶやくと、

「訳ありの食わず嫌いならなんとかしてあげたいけどねえ。ずいぶんつらそうな感じだったし」

料理長が腕組しながら言うと、渚も引っかかっているようで、無言のまま頷いた。

いったい彼女はなにを抱えているのだろう。

みなが釈然としないまま黙り込んでしまったので、

「まあ、それは置いといて、明日の打ち合わせしようか」

料理長が話題を変えた。

「ええと、明日は日替わりが春キャベツのメンチカツ、麺ものはあさりと菜の花のパスタ、丼ものは親子、カレーはチキン継続ね」

「はい。タイムスケジュールはこちらね」

みゆきがタブレットの画面に、スタッフそれぞれが、どの時間帯にどのように動くかを想定した工程表を出してくれた。

みんながそれを見て、自分用にメモをとる。

「キャベツメンチの形成は十時までに完了ね。あとカウンターは麺が真澄ちゃん、カレー浦島君、日替わりはパートの緑川さんに入ってもらって、杏子ちゃんは渚について盛りつけのフォローおねがいね」

料理長に告げられ、杏子は「えっ」と内心、絶句した。

またカウンターから外されてしまった……。

実はこのところ、そんな日が続いているのだ。

もともと杏子は、厨房では料理長の補助役が中心で、十一時になればその役目はパートのだれかにまかせて、カウンターに出るのがほとんどだった。が、渚が入ってきたあたりから彼につく日が増えてきて、今週なんて一度もカウンターに出ていない。

〈キッチン藤丸〉はオープンキッチンなので厨房からホールは丸見えの状態だが、さすがに裏方作業をしながら、カウンターの向こうの社員証のチェックまではできない。つまり藤の君を探せないので困るのだ。

真澄と梢も気づいたようで、まただね、と同情気味の顔でこちらを見てくれた。

いっそ料理長にカウンター専属にしてください、と頼んでみようか。タイムスケジュールはみゆきが組むものだが、おそらく料理長の意向で決められている。

ミーティングが終わると、明日の仕込みにとりかかるため、各自席を立った。

控室を出てゆくとき、

「すみません、料理長。ちょっと話があるんですけど……」

たまたま料理長が一番最後になったので、杏子は思い切って料理長に相談してみた。ほかのみんなは控室から出ていったので、ふたりきりだ。

「なんだい？」

「あの、私、最近カウンターに出る日が少なくなりましたよね。裏で渚君とセットが多いっていうか……」

少々言いにくそうに切り出すと、

「渚とセットが不満？」

料理長がおやおやと眉をあげてこちらを見下ろしてくる。

「不満というか……」

たしかに作業が早く妥協を許さない渚についていくのもきついが、単に藤の君探しができるようカウンター専属になりたいだけだ。

「渚はさ、これまで店主とふたりだけで回すような店で働いてた子だから、一気に大勢のスタッフと大量の料理を作らなきゃならなくなって、かなり大変だと思うんだよね。で、彼のほうからも、日替わりでいろんな人に調理補助に入られるより、毎日、決まった相手と組んだほうがやりやすいから、その相手を選びたいと言われた」

「はい」

「で、パートさん含め全員とひととおり作業してみた結果、杏子さんを俺にくださいって、このまえ言われちゃったから」

「……なんかお父さんに結婚を報告する彼氏みたいですね」

　なぜ自分が選ばれたのだろうと疑問に思っていると、

「杏子ちゃんが一番、使い勝手がよかったから、ぜひとも酷使したいんだって。私もひそかに君をメインで使っていたんだが、見抜かれちゃったようだね。ははは」

　料理長は陽気に笑いながら言った。

「ははは、じゃないですよ」

　どうりで渚にこきつかわれるようになったわけだ。明日なんかキャベツメンチの形成もあるし、小鉢用の春雨サラダの材料カットもあるのに地獄じゃないか、とげんなりしていると、

「調理補助員としての腕を買われてるんだ、と受け止めればいいと思うよ」

　にっこりとなだめられて、カウンター専属希望の訴えは泡と消えた。

＊

五日が過ぎ、平原紗由は社食取材の約束の日を迎えた。

昼の休憩時間をとうに過ぎた午後二時半ごろ、社員食堂〈キッチン藤丸〉へと向かった。

お腹空いたな……。

取材で料理を食べなければならないので、昼食はまだとっていない。

連絡役の杏子によると、提供されるメニューは定食で、メインは鱸のムニエルだそうだ。

定番すぎないところが取材には向いているかもしれない。記事は書きやすそうだ。みんなが知り尽くしている照り焼きチキンよりずっといい。

営業時間外の食堂のホールは、当然ながら今日も静まり返っていた。

片付けの済んだ広々としたテーブル席では杏子が待っていて、紗由に気づくと席を立った。

あいかわらずの薄化粧で、今日も質素な白椿、と思いながら紗由が「おつかれさまです」と挨拶すると、

「おつかれさまです。すみません、もうちょっとだけお待ちください。今、用意してます

ので」

そう言って、おしゃれなティーポットでお茶を淹れてくれた。社食で用意されている給湯器のお茶ではなかった。おそらく裏方でスタッフらが休憩時に飲んでいるものだろう。

「いただきます」

紗由は杏子の向かいの席にかけ、湯呑を手にした。緑茶特有の、心が落ち着くよい香りがする。

「紗由さん、ネイル素敵ですね。春っぽくお花がついてて」

ふと、紗由の手元に目を留めて杏子が言った。

「あ、これね、昨日、やってもらったばかりなの」

紗由は五指をひろげて彼女のほうに示してみせた。淡いピンクをベースに、人差し指と薬指には桜を模した小さな押し花があしらわれている。

「いいなあ、私は仕事がら、そういうのができなくて」

杏子は精緻な押し花パーツを羨ましげに眺める。

「あ、もしかして調理現場ではご法度とか……？」

「そうなんですよ。ネイルチップはもちろん、ジェルもスカルプもポリッシュも禁止。ついでに濃いメイクやマツエクもＮＧです。粉が料理に入ったり、まつ毛が混入する危険があるから」

「けっこう厳しいんですね」

そうか、化粧っ気がないのは調理補助員だからだ。言われてみれば、看板娘の綾瀬真澄でさえ化粧は最低限に抑えられている。

「どのみち調理場って暑いし肉体労働だから化粧なんて崩れてしまって、このとおり、汗で流れてほぼすっぴんです。もう女捨ててるっていうか、どうせ面倒くさがりだから、おしゃれしても続かないと思うんですけど」

そう言って、あははと杏子は笑う。

「そっか……」

食堂スタッフの女性たちへの印象ががらりと変わった。おしゃれに興味がないわけではなく、規則のために化粧を控えているだけなのだ。あまり裏方の人たちについて考えたことはなかったけれど、みんなそれぞれの煩いや苦労があるものなのだ。

ただ、こうして差し向かいで話していて気づいたのだが、杏子は肌の色が白い。つきたてのお餅みたいにきめが細やかできれいな肌をしているのだ。白椿が連想されたのは、色白だったからだろう。

紗由はお茶を飲みながら、薄化粧でも生き生きとして見える杏子の素肌をじっと見つめてしまう。色の白いは七難隠すという言葉もある。ＢＢクリームやハイライトは必携の自分には羨ましい限りだ。

「そういえば、平原さんの社内の知り合いで、苗字に藤の字がつく男性社員はいないですか？」

だしぬけに、杏子が訊いてきた。

「苗字に藤？」

「そうです。伊藤とか斎藤とか。……藤田とかもありえるかも。年齢は三十代くらいまでで」

「三十代までで、藤か……」

ざっと同期やら知り合いやら総務部の人たちの名を思い浮かべてみる。

「うーん、年配の社員に加藤さんがいるかな、あとほかにもこないだ四十八歳になったばっかりの安藤さんなら知ってるけど、若い人だと――……、藤のつく人なんてごろごろいそうなのに、探すと意外にも少ないね」

「そうなんですよ、いそうでいないんです。私も社食に来る人を毎日、チェックしてるんですけど」

「あっ、そういえば」

ふと、脳内にひらめいた。

「こないだ取材した社員の子、藤がついてた。内藤君。まだ入社二年目の若手」

「ほんとですかっ？」

杏子の顔がぱっと輝く。

「うん。企画開発部の内藤隼介君。ルーキーの紹介記事を書くためにインタビューしたの」

「二年目ということは私と同い年ですよね。どんな感じの方ですか？　身長とか顔の雰囲気とか声とか……」

杏子は身を乗り出して訊いてくる。

「身長は高いほうかな。一七五以上あったと思う。でも横もけっこうがっしりしてて、あ、デブって感じじゃないよ。華奢ではないってだけ。顔はふつうかな。取材で少し話した限りでは、なかなか感じのいい子だったよ。仕事にも意欲的で、デキる男感あった。まあ入社二年目だと仕事に少し慣れて、後輩も入ってきてちょうどみんな自信がつきはじめるころだけどね」

自分も二、三年前はそんな感じだったと思い返しながら、紗由は話す。

「企画開発の内藤さんか……。覚えておきます」

杏子はどこか夢見るようなまなざしでつぶやく。

「なんでまた藤のつく人を探してるの？」

苗字一文字だけを頼りに人探しだなんて、探偵みたいだ。

「実は――」

杏子は藤の字のつく社員がなんなのかをうちあけてくれた。なんでも二か月前にエレベーターを乗る際にぶつかってひとめ惚れした相手が苗字に藤の字のつく社員で、もう一度なんとかして会いたいと、日々探しているのだという。その藤の君が運命の相手であってほしいからと。

「へえ、運命の相手か……」

ということは、杏子は今、彼氏がいないのだろう。

エレベーターでぶつかった人が運命の男だなんて。そんなドラマチックな恋が存在するなら自分も体験してみたいものだが、実際はドラマや映画の中でしか起こりえない。

みんな不毛な恋してるんだな、と、杏子に妙な親近感を抱いてしまった。

「あ、藤といえば我が社の社長も藤がつくね」

藤丸物産の社長の苗字は高藤だ。年齢は六十歳だが。

「年齢からして社長ご本人はありえないとして、その息子の高藤専務のほうだった可能性がある？」

　社長の息子は三〇代半ばで、見た目もまだまだ若々しい。

「それはありえないんです。高藤専務は今、大阪支店にいらっしゃって、田貫部長からさりげなく聞き出したんですけど、その頃に本社に戻られたということもなかったんです。そもそも既婚者だし」

「あ、そうだよね。ぶつかった彼はまだ独身だったの？　薬指、チェックした？」

　社会人になってからだろうか。出会った男性の左手の薬指を無意識のうちに確かめるクセがついてしまった。でもちょっといいな、と思う男の薬指には、たいていもう指輪が嵌まっていて、恋も始まる前に終わる。

「いえ、一瞬だったので、そこまでは見れてないです。独身じゃなかったらショックだなあ」

　杏子は不安をにじませて苦笑する。独身という確証はないし、彼女だっているかもしれない。

　でも、なんだかんだで楽しそうだ。自分も入社して間もないころは、恋愛に対してもこんなふうにはしゃいでいたなと思い、懐かしくなった。今は失敗したくないという焦りと、どうせ夢中になんてなれないという変に冷めた悟りがあって全力で向かえない。

「紗由さんの彼はどんな方なんですか？」

いきなり話題をふられ、どきりとした。彼がいるように見えるらしい。あるいは、いない前提で問うのも微妙に失礼にあたるので、気を遣ってくれているのかもしれない。

「私はねー、今はいないの。同期で付き合ってた相手がいたんだけど、ちょうど一年くらい前に別れちゃってね。それきり」

もうずっと昔の古い恋だといわんばかりに、あえてどうでもよさそうに答えた。すると、

「じゃあ、社内に元彼がいるってことですか……」

杏子が気まずそうな顔をしつつも訊いてくる。

「うん。面倒くさいでしょ」

紗由は肩をすくめ、お茶を飲んだ。本当に面倒くさい。別れてからも、彼自身やまわりの目を気にしてしまう自分が。

「どのくらいつきあってたんですか？」

「入社当時からちょうど三年かな」

「けっこう長かったんですね」

「まあね。でも終わりのほうはほとんどすれ違い状態だったから」

ふられた当初は、今よりいい女になって後悔させてやるとか、もっといい男を捕まえて

見返してやるんだとか意気込んでいたが、結局変われなかった。そういう自分を見られたくなくて、今もずっと彼を避けている状態だ。

実は社食に寄りつかなかったのは、それが原因だった。元彼とは所属部署もフロアも違うので、基本的に社内で顔を合わせることはないが、この社食だけは会う確率が各段に高い。だから来るのを避けていたのだ。もう恋はとうの昔に終わったが、変なプライドのために、いつまでも煩わしいこだわりに縛(しば)られている。

「おまたせしました」

名無しの調理師が料理を持ってやってきた。今日もあいかわらず社員証をつけていない。先月は遠目で見かけただけだし、このまえの打ち合わせでは座っていたので気づかなかったが、身長は高く均整の取れた体つきをしている。こうして見てみると、顔が飛びぬけて美形というわけではないものの、厨房に引っ込めておくのは惜しいようないい男だ。が、

「えっ?」

紗由は眼のまえに出された料理を見て、目が点になった。なんと、忌(い)まわしい照り焼きチキン定食ではないか。

杏子も知らされていなかったのか、はたと目を疑っている。

紗由はさっと照り焼きチキンの皿から目を背けた。

「取材メニューは、六月から新しく出す定食ということで、鱸のムニエルだと伺ってましたが」

忘れかけていた感情が、一気に胸に押し寄せてきそうで怖くなった。

「これも六月から新しく出す料理なので」

嫌みにならない程度の笑みを浮かべ、さわやかに名無しが答えた。

「これはきみが作ったの？　ええと、きみの名前は……」

「支倉渚です。作ったのは俺と料理長です」

渚が答えると、杏子がやや非難気味の顔で彼をあおいだ。

「渚君、どうして照り焼きチキンなの？　なんか厨房で違う香りがすると思ってたけど」

「南雲さんの発注ミスで鱸が届かなくて、料理長がこれにしようって」

渚はしれっと答える。

「うそ。南雲さん、発注ミスなんかしたことないのに。それに鱸がないのに鶏肉があるのも変でしょ。昨日も今日も、鶏肉使ってないし」

つまり、はなからこの料理を出すつもりだったということか。

杏子がさらに抗議しようと口をひらきかけると、

「杏子さんにも作ってあげようか、縁結びの照り焼きチキン定食」

渚がにっこり笑って制した。

「また今度でいいですっ」

彼氏がいないのをからかわれた杏子は、ぶすっとして押し黙る。

「で、そのふざけた料理名でいくんですか？」

紗由は料理からたちのぼる香ばしい香りに、いささか気をとられながら問う。

「いや、さすがにそれはないです」

渚はまじめに答えると、料理の説明をしてくれた。

「今回は料理長特製のタルタルソースを添えた照り焼きチキン定食です。小鉢(こばち)はれんこんとごぼうのきんぴら、それに豆腐と水菜の梅じゃこサラダの二点」

「梅じゃこサラダ？」

「水切りした豆腐に、梅干を細かくたたいたものと、じゃこと水菜を加えたサラダです。じゃこを炒(いた)めた香り高いごま油がドレッシング代わりで。これらに雑穀米(ざっこくまい)と味噌汁と香の物がついて、カロリーは合計六五〇以下です」

　汁物と小鉢は食べてからもうずいぶんたつので覚えていないが、照り焼きチキンはたしかに紗由が知っているものとは様変わりしている。以前はタルタルソースはかかっていなかった。

「すみません、この定食でレポートしていただけますか、紗由さん？」

杏子が恐縮して訊いてくる。

「………………」

料理人からの妙な圧力と熱量を感じる。とりあえず食べて味わってみろといいたげな。照り焼きチキンがだめなのは自分自身の都合にすぎないし、せっかくわざわざ作ってもらったものを、ここで突っ返すわけにもいかない。紗由は仕方なく、食べる方向で腹を括った。

「わかりました。いただきます」

とりあえず、スマホを手にして料理にピントを合わせ、写真を撮影した。

「盛りつけはあいかわらず文句なしにきれいですね」

メインである照り焼きチキンはボリュームたっぷり。パセリのちりばめられたタルタルソースがかけられ、鶏肉の照りと焦げをひきたてている。その脇にはトマトがひと切れと、ビートやルッコラなどのベビーリーフが混ざった野菜がこんもりとおしゃれに盛られ、小鉢のきんぴらも、さりげなく人参を差し色にして、ほどよい照りと胡麻で香ばしさを演出してある。もう一方の小鉢も、シャキシャキの水菜と梅肉がさわやかでおいしそうだ。ごはんが白米ではなく雑穀米なのもヘルシーでうれしい。

前回も、料理本に載せられそうなレベルの出来栄えだったが、今回もすべてがバランスよく盛られていて、彩りもあざやかだ。これでカロリーが六五〇以下に抑えられているとは驚きだった。

紗由は味をみるために箸をとった。

胸が少しどきどきしていた。まさかこの社食でふたたび照り焼きチキンを食べることになるとは思わなかった。

けれどさきほどから、甘辛いたれの香りに鼻先をくすぐられ、不覚にも早く食べてみたくなっていた。きっとお腹が空いているせいだ。食べたとたん、あの頃の苦い記憶がこみ上げて息苦しくなる——そう思い込んでいたのだが、

「ん？」

一番端っこの一切れを一口食べたとたん、紗由は目をみひらいた。

香ばしく焼けた鶏肉に、甘辛たれがいい塩梅に焦げついている。そのたれの味がまた自然でまろやかな甘みが出ていていい。そこにピクルスや玉ねぎなどのアクセントが効いたコクのある料理長特製のタルタルソースが絡んでくる。

鶏肉の嚙み応えも、ほどよい弾力とやわらかさがあって、中は驚くほどにジューシーだ。

これは——。

「おいしい……」

　思わずそんな言葉がこぼれた。

　照り焼きチキンって、こんな味だったっけ。紗由は最後に食べたときの味を思い出そうとしたけれど、記憶は目の前の照り焼きチキンのおいしさにかき消されてしまい――つまり過去のことなどどうでもよくて、気づくと、ふた切れ目に箸を伸ばしていた。

「照り焼きチキン自体に苦手意識があるわけではないんですね」

　渚に言われ、紗由はぴたりと手をとめた。

「わかりますか?」

「ええ。箸の入れ方が、おそるおそるという感じではありませんでした。打ち合わせのときはひどい拒(こば)みようでしたが……」

「ええ。もともと鶏肉は好きだったんです」

　では、なにに苦手意識が?

　そう問いたげな視線を軽く寄こしながら、渚が空(から)になりかけの湯呑(ゆのみ)を手にして、ティーポットから茶を注いでくれる。

　所作(しょさ)のきれいな男だ。育ちがいいのだろうか。二年前、友人とパリへ旅行に行ったときに見かけた老舗(しにせ)カフェのギャルソンを思い出した。動きも身なりも洗練されていて美しく、給仕されると気分がよかった。

　あのとき、まだ元彼とはうまくいっていて、お土産を買ってあげたっけ。けっこう喜んでくれたのに、まさかその二か月後にふられるとは思わなかった。

「いやな出来事があったんです。照り焼きチキンを食べていたときに」

　紗由は淡々と告げた。訊かれたわけではないが、なぜか口をついてでてきた。おいしいものを食べたせいで、気持ちが和んでいるせいかもしれない。

「ああ、わかります。料理って、音楽とか香りとおなじで思い出が染みつきやすいものですよね」

　杏子が頷いた。ある料理を食べながら極度につらい思いをすると、次に食べたときになんとなく思い出してしまう。だから避けたくなる。

　すると渚が言った。

「でも、今日、おいしいと感じられたのなら、そのつらい過去からはすでに解放されているということだと思いますよ」

　凪いだ声音で理路整然と告げられると、不思議とそんな気持ちになってきた。

「だといいんですけど……」

　あのときは、三割ほど手をつけたところで事が起きて、とたんに料理の味がわからなくなった。それでも残すわけにはいかないと思って無理やり鶏肉を口に押し込んだけれど、味がさっぱりわからないから、まるでゴムを食べているみたいな感覚だったのを覚えている。だからもう二度と食べたくないと――。

でも今日は、ほんとうにおいしい。鶏肉そのものの旨味に甘辛たれの風味とタルタルソースが合わさって、思わず舌鼓を打ちたくなる味わいだ。

「とりあえず、ありがとう。これなら良い記事が書けそうです。おいしくいただいてます、と料理長にもお伝えください」

紗由が渚に向かって素直に礼を言うと、

「わかりました」

彼は少しほほえんで頷き、踵を返した。

なぜ、わざわざ照り焼きチキン定食を出したのだろう。まるで紗由の抱えていた煩いを見抜いていたかのようだ。

「あの調理師、荒療治のセラピストみたいね」

紗由は厨房に戻る渚の後ろ姿を眺めながら言った。自白を促されたような心地で少々悔しいが、決して不快ではなかった。

「いつもは年上の私をこき使いまくりなんですよ」

杏子が不満そうに口をとがらせて苦笑する。それから、

「紗由さん、訊いてもいいですか？　照り焼きチキンを食べていたときに、一体なにがあったのか」

気になるらしく、杏子が遠慮がちに訊いてくる。

紗由はいったん箸をおいて、渚が淹れ直してくれたお茶を飲んだ。

とくに親しい間柄でもないのに、だれもいない貸し切りの食堂という不思議な空間と、おいしい料理のおかげか、少し胸中をうちあけてもいい気になっていた。

「実はね、さっき話した社内の元彼に、この社食でふられたの。照り焼きチキン定食を食べてたときに」

「えっ」

予想外のエピソードだったようで、杏子は絶句した。

無理もない。社食でふられた女なんて紗由くらいのものだろう。

「びっくりでしょ。三年もつきあってたんだよ？　その別れ話を社食でするってどうなの」

このとおり、出てくる料理も内装も、社外のお洒落なレストランと変わらないものの、やはり軽んじられている感じがした。もはや自分たちのために割く時間などない。社食で手短に話して片付ければいいというのがひしひしと伝わってきてつらかった。

「あ、でも別れ話をちゃんとしてくれただけマシかもしれません。よくいるじゃないですか。なにも連絡をせずに自然消滅を図る男」

「そうだけど、社内恋愛で、しかも同期となると音信不通のままというわけにもいかないから」

「……たしかに」

　あの日、はじめはほかの同期の男ふたりも同席して、四人で食べていた。いつもそうだ。社内恋愛禁止ではないものの、ほかの社員の目を気にして、社でふたりきりになることはまずなかった。ところが、同席していたふたりが「いまから外回りだから」とあわただしく席を立ってしまい、めずらしくふたりきりになったのだ。妙だなと思っていたところで、いきなり別れ話を切り出された。あらかじめ段取りされていたのだとあとから気づいた。

「ほかに好きな人ができたからというのが理由だったわ」

　その好きな人というのが、同期の情報によると大学時代に付き合っていた女で、要するに元彼女とよりを戻したから紗由はお払い箱になったのだった。

「正直に、元彼女とよりを戻すのだとはっきり言ってくれればよかったのに」

　わざわざ黙っているところがずるいと紗由は思った。

「それは……紗由さんを傷つけないように気遣ったとかじゃないですか？」

「どうかな、そういう優しさがない人ではなかったけど、実は元彼女との二股だったらしいから。自分がそれ以上、悪役になりたくなかっただけかもしれない」

二股の真偽のほどはわからないが、同期の女子の同情は紗由に集まり、彼は完全なるゲス男に認定された。彼に釈明するつもりもないようだが。

「元彼女に勝る魅力のなかった自分にも原因があったんだろうけどね」

そうわかっていても裏切り行為に傷ついたし、腹も立った。どこかで淡く夢見ていた寿退社もなくなってしまったのが二十六歳の自分にはつらかったのだ。結婚相手に出会う年齢の平均は二十五歳だと言われている。

「だから紗由さん、この照り焼きチキン定食は取材したくないって……」

杏子はようやく腑に落ちたといった表情で、照り焼きチキンを見下ろす。

「そう」

紗由はふたたび箸を手にし、照り焼きチキンを食べた。

「でもほんと不思議。覚悟してたのとぜんぜん違って、ちゃんとおいしく味わえるの。もっと泣きたくなったりするのかと思ってたけど、そんなんじゃなくて……。なんでかな」

旨味の溢れる肉を噛みしめながら、安堵感をおぼえていた。もう二度とおいしく食べられないと思っていたのに、こんなにもすんなりと受け入れられるなんて。

「渚君が言ったとおり、きっとつらかった過去からは、もう解放されているんですよ」

杏子が、自分の湯呑をなにか大切なものであるかのように両手で包み込んでほほえむ。

「そうかもしれないね」

もう二年も経つのだ。傷が癒えていてもおかしくはない。

紗由は小鉢の豆腐と水菜の梅じゃこサラダを食べてみた。ゴマ油の香ばしさと梅肉のさわやかな酸味が口内に広がった。水っぽさはまったくなく、さっぱりして洗練された味だ。簡単な料理に見えるが、隠し味がさりげなく仕込まれているのだろう。

「あ、そうだ。よかったら紹介するよ、企画開発の内藤君」

紗由はふと思い立って言った。杏子の恋の行方にはなんだか興味があった。ほんとうに、運命の相手が存在するのかどうか見届けてみたい。

「いいんですか？」

「うん。内線でこっそり連絡とってみる」

彼女がいるかどうかを確認してからのほうがよさそうだが。

「ありがとうございます」

杏子が期待に眼を輝かせ、弾むような声で礼を言った。白い頬がほんのり薄桃色に染まっていて、紗由はやはりそれが羨ましいなと思った。

＊

七日が過ぎた。

午前十一時、社内報の取材の打ち合わせを終えた紗由は、空腹感をおぼえながらエレベーターに乗り込んだ。午前中の仕事は無事に片付いた。おいしくランチが食べられそうだ。

そこへ、思いがけなくエレベーターに同期の元彼——園村が乗ってきた。

紗由は一瞬、どきりとした。ビル内で稼働しているエレベーターは三台もあるし、所属フロアも別なので、こんな偶然、滅多にないのに。

なぜ、鼓動がはねたのかはわからない。別れてからは、姿を見かければさりげなく自分から道を逸れて身を隠してきた。そうやって避ける行為が本能的に身についているから、どきっとするのは条件反射みたいなものだろうか。

紗由ははじめ、目が合わないようスマホの画面を見つめていた。別れて二年経つが、ふたりきりでまともに話をしたことは数えるほどしかない。

私、なんでいまだに逃げてるんだろう。

どちらかが会社を辞めない限り、この距離感は永久に続いてしまう。それもなんだか煩わしい。いっそ、自分から声をかけてみようか。はじめてそんな気持ちになった。苦手だったはずの照り焼きチキンが意外にもおいしくなっていたように、案外いい気分になれるかもしれない。

でも、驚かれそう……。

むこうはどちらかというと、会えば話したそうだった。もともと気さくな性格の人だ。でもそれが、自分がふった女へのご機嫌伺いにも思えて紗由は嫌だったのだが。

声をかけるかどうか迷っているうちに、ほかの乗客が一斉におりてしまった。乗ってくる人はおらず、エレベーターのドアが静かに閉まる。

狭い場所でふたりきりになった。以前なら、用のないフロアにさりげなく先に降りたりして、あらかじめ回避していた状況だ。でももう、そんな必要はない。

「おつかれさま」

紗由は思い切って自分から挨拶してみた。ひさしぶりすぎて、一瞬、自分が自分でないみたいな感じがした。

「おつかれ。元気？」

園村は何事もなかったかのように返してきた。そう装っているだけかもしれないが、ほんとうに、ただの同期にさわやかに挨拶をするくらいの調子だ。実際、別れた当初から大してなにも変わっていないのかもしれない。ふられた側の自分がこだわりすぎていただけで。

「元気だよ。そっちは？」

「元気。……ちょっと眠いけどね」

そう言って園村は眼をこする。くせ毛を生かしたランダムマッシュの髪型には昔とあまり変化がないものの、横顔が、なんとなくくたびれているように見えた。入社して五年。そろそろ大きな案件を任されているのだろう。

「生鮮品部は忙しいもんね。あいかわらず帰り遅いの？」

つきあっていたころは、園村の担当地域は国外で時差があったために、長時間勤務になりがちだった。紗由も営業事務で残業が多かった。平日の疲れが溜まった状態で、休日にふたりで出掛ける。そこで小さな意見の食い違いが生じ、それが積み重なって喧嘩になり、やがて埋められない溝ができて別れに至ったように思う。入社して一、二年目の余裕のなかった自分では、彼の癒しにはなれなかったのだろう。

「昨日は終電。その前は接待でタクシー帰りだったな」

「はー、大変だね。うちはさすがにそこまでの日はないわ」

藤丸物産は二十時以降の残業は原則禁止、二十二時以降は完全消灯となっていて、総務部の場合は田貫部長がほぼ毎日、二十時半きっかりに消灯するが、ほかは守られていない部署も多いと聞く。そもそも接待なら業務時間など関係ない。

「残業をなくせって上から言われるけどさ、結局、早朝勤務するか、自宅で仕事をこなす羽目になるだけなんだよな」

「うん。そうだよね。仕事量が減るわけじゃないのよ」

「俺は、朝は苦手だからやっぱ夜に残業することになって……、まあ、今日も終電だな」

「そっか……。がんばれ」

園村の自虐(じぎゃく)的な笑みに笑い返しながら、こんなふうに自然に会話ができることに内心、驚いていた。もっとぎすぎすして、傷が疼(うず)くのに必死に耐えねばならない状態だと思っていたのに。少なくとも、別れたばかりのころはそうだった。

でもいま、紗由はまったく平気だった。なつかしい友人に会って立ち話をしているみたいな感覚なのだ。そう自分を分析し、すんなりと思い込めるほどの冷静さと余裕が、今の自分にはあった。

エレベーターが、生鮮品部のフロアですうっと停まった。おそらく園村はここで先に降りる。

「じゃ」

軽く顔をのぞいて挨拶される。

「じゃあね」

紗由もほほえんで別れを告げる。

エレベーターがひらいて、園村が降りてゆく。やはり、何事もなかったように。

けれども彼のまなざしに、ずっと恨まれていた相手から許され、解放され、ほっとした色がかすかにあるのを紗由は見逃さなかった。彼にとっても、紗由の存在はずっと煩わしかったのかもしれない。

ああ、私はあいつの喉に刺さった魚の骨だったんだな……。

園村の背中がエレベーターの戸の向こうに消える。もしかしたらよりが戻るかもしれないと、淡い期待にすがりながらあの背中を見つめたときもあった。でももうそんな未練は微塵もなく、彼の存在はすっかりどうでもよくなっていた。彼が、ずっと昔に紗由のことがどうでもよくなったのとおなじように。

これからはもう逃げなくて済みそう。紗由はほっとしながらそう思った。過去の感情にとらわれないで過ごせるその感覚がすがすがしくて新鮮だった。

総務部の自分の席に戻ってメールのチェックをすると、社内報のデザインを委託している会社の男性社員からメールが届いているのに気づいた。

見ると、六月の社内報の発注分に関するもので、いつものように事務的な内容調整のメッセージだったのだが、最後にこんなことが書かれていた。

『照り焼きチキン定食、いいですね。平原さんの社食の記事を読んでいるとお腹が空いてきます。今週末、もしよかったら一緒に食事でもいきませんか？』

今までは事務的に内容調整のやりとりをしていただけで、こんなのははじめてだった。

本人には前任者からの引継ぎのときに一度だけ挨拶のために会ったことがある。年は自分のひとつ上で、感じのよい人だったし、丁寧な仕事ぶりに好感をもっている。恋愛に発展するかどうかはわからないものの、胸にぽうと明かりがともったような心地になった。

あの照り焼きチキン定食には、たしかに縁結び効果があったのかも……。

そっち方面は信じないくせに、めずらしく浮ついたことを考えつつ、腕時計を見た。

もう十一時を回っている。どうりでお腹が空くわけだ。先輩が今月は金欠だと嘆いていたから、今日は料理がお値打ちで提供される社食でランチにしよう。

紗由は手にしていたスマホの画面を藤丸物産の社食のＨＰに切り替え、今週のメニューを調べてみた。

あの香ばしい照り焼きチキン定食が、無性に食べたかった。

第三話　ビビンバの乱

午後三時、ホールや食器類の後片付けを終えた杏子(きょうこ)は、梢(こずえ)と厨房(ちゅうぼう)奥の控室に向かった。もうじき明日の業務にそなえてミーティングが始まる。

控室に入ると、なんとなく火照(ほて)っていた体が、きんと冷えたエアコンの空気に冷やされ心地よかった。

「あー疲れた。今日も暑かったなぁ……」

杏子は会議用テーブルにぐったりと突っ伏した。

六月も半ば。このところ気温も湿度も増して、調理場の環境が過酷(かこく)だ。食中毒の季節なので予防の三原則「つけない、増やさない、やっつける」を遵守(じゅんしゅ)せねばならないため神経をつかう。

そして冷房が入っているにもかかわらず、火を使いだすとにかく暑い。お仕着せの下は汗びっしょり。でももちろん化粧(けしょう)くずれなんて気にしていられない。片付けのころになれば暑さは引くものの、体力はこれまでに比べてごっそり消耗している。

「お疲れさま。そういえば杏子ちゃんは去年の秋入社だから、夏の厨房を知らないのよね」

専用のデスクで事務仕事をしていたみゆきがふりかえって言った。

「そうなんです」

「あれは焦熱地獄や。死ぬで」

となりにかけた梢が、会議用テーブルの上に置かれた六月の社内報をうちわ代わりにして扇ぐ。今朝、配布されたものだが、おそらくいい加減な渚がしまい忘れたのだろう。

「脅さないでよ、梢ちゃん。……私、寒いのはいいけど暑いのは苦手なんだ。だって寒いのは服を着たり、体を動かせば温かくなるけど、暑いのはどうしようもないじゃない」

「パンイチで調理するわけにいかへんしねえ」

「そうそう、家だったら暑けりゃ短パンにキャミソールとかでやっちゃうのにさ」

脱ぎたくても、もうこれ以上は脱げないのだ。

ほどなく料理長と渚が控室に入ってきたので、だれ気味だった杏子は身を起こして姿勢を正した。みゆきも席をたって会議テーブルに移動してきたところへ、

「ねえ、これ見てよ！」

鼻息を荒くした真澄が部屋に飛び込んできて、テーブルの上にばんと紙切れを置いた。

「どうしたの？」

彼女がみなに見せたのは、食堂意見箱に投函された意見用紙だった。そこには太い黒ペンでこう書いてある。


『激マズのビビンバなんとかしろ！』


「えっ」

杏子は思わず絶句してしまった。字面は、苛立ちをそのまま文字に投影したのがありありとわかる乱暴な殴り書きだ。苦情まがいのコメントはしばしば投函されるが、これはひどい。

「ビビンバか。定期的に出す料理のひとつだが、苦情はめずらしいね」

意見書をひょいと上からのぞき込んだ料理長が言う。

ビビンバは隔月でメニューに組み込まれる定番料理で、六月に入ってから毎週月曜日の丼ものとして提供されている。

「激マズってひどくないですか。うちのビビンバ、ちゃんとお焦げも仕込まれてて、そのへんの韓国料理店よりもおいしいと思うんだけど」

　真澄が憤り気味に言う。

「まずいというか、辛さを抑えてあるのが気に入らないんじゃないかしら」とみゆき。

「そうですね。俺は辛いのいけるクチなんで、正直、物足りなさは感じてます」

　渚が席につきながら言う。ビビンバの具である牛肉やナムルの味付けをしているのは渚なのだ。

「辛みが苦手な社員もいるから仕方ないんだよねえ、あれ以上辛くするのはどうかな」

　料理長もわかっているようだ。

「辛くして、激辛と銘打ってしまえばええんとちゃいますか？　辛いのが苦手な人は手を出せへんから」

　梢が意見するが、

「そうすると少数の社員にしか食べてもらえなくなってしまうわね」

　社食といっても売り上げを出してなんぼなので、みゆきが難色を示す。

「しかし久々にひどいの来たね。渚はここまで威勢のいいクレーム見るのははじめてだろう？」

　料理長が意見用紙を手にしながら渚に問うと、

「傷ついてない？」

　みゆきも気遣うように渚をのぞきこむ。

「それほどでも。もう出すなと切り捨てるのではなく、なんとかしろと改善を迫ってるところに救いがあると思ってます」

「前向きでいいわね。でもこういうの、改善の余地があればきちんと対応すべきだけれど、鵜呑みにする必要もないから」

　みゆきが言う。意見箱によせられる要求はできるだけメニューに反映させるようスタッフみんなでがんばっているが、すべてが採用できるわけでもない。

「それにネットの匿名掲示板や商品レビューなんかとおなじで、ストレス解消の目的もあると思うのよね。相手のことは考えないで、とにかく書いてすっきり満足。本人はそのへん無自覚な場合も多いでしょうけど」

「対価を払っている以上、評価を下す権利があるのも確かなんだがね」

　料理長が嘆息して言う。

「でも、なんだか挑戦状を叩きつけられたような気分ですよね。俺を納得させる味にしてみろって」

　杏子は少々むくれて言った。意見箱にクレームが届くことはしばしばあるが、あくまでお願いという形で謙虚に書かれているケースがほとんどだ。今回の攻撃的な要求には、こちらも刺々しい気持ちになってしまう。

「投函者が男かどうかわからないけどねえ」

料理長はなんとなく意見用紙を裏返してみる。裏面は白紙だ。

杏子はそこで頭にひらめいたことをみなに提案してみた。

「来月の社食フェアは韓国料理にしませんか。巷でも韓食は定番化しているし、期間限定の特別メニューとしてなら激辛も納得。あらかじめ提供数を絞れば売りきることも可能だと思います」

社食フェアは月に一度、特別にテーマを決めて一週間（実質五営業日）催されるイベントで、その週は定食も丼ものも麺ものも、すべてテーマにちなんだメニューに変わる。ちなみに今月のは身体にやさしく低カロリーのメニューを取り揃えたダイエット料理フェアで、体重を気にする社員には好評だった。

「改善したビビンバをわかりやすく社食フェアで取り上げることで、提供者側の心意気も伝えられると思います」

こちらは社員の意見を反映させ、真心を込めて作っているのだと。

「それもいいわね。韓国料理にある酸味や辛味はこの梅雨どきの食欲増進に役立つし」

みゆきが同意しながら、「どう？」と料理長のほうを見る。

「韓国料理フェアか。どんなのがメジャーだっけ？　そこの三人娘、適当に思いつく料理を挙げてみて」

料理長が杏子たちに質問を投げてきた。

「サムゲタン」

「プルコギ」

「サムソンポックンパッ」

真澄、杏子、梢の順で答えると、

「浦島が言った料理ってなに？」

梢の隣で渚が眉をひそめた。

「海鮮風の韓国式炒飯や。香ばしくておいしいんよ。チュンジャンソースかけて食べると絶品なんやで」

「ああ、あの真っ黒いやつね」

その後、あれこれ話し合った結果、本格的に辛いビビンバ丼のほかに、スンドゥブチゲ、プルコギ、チヂミ、ヤンニョムチキン、韓国風冷麵など、ある程度馴染みのある料理を中心に出すことに決まった。サムゲタン風スープも候補にあがったが、今月のダイエットフェアで提供してしまったのでまたの機会になった。

「和洋はいけるし、中華もなんとかこなしてきたが、韓流グルメは畑が違いすぎて勉強が必要だな」

みゆきがメモした料理名を見ていた料理長が、思案しながらぼやいた。もともと西洋料理専門の人だから仕方がない。

「渚はどう？　金造さんのとこでは扱ってたんだっけ？」

料理長は、金造と面識があるようだ。

「ビビンバとキムチチゲくらいしかないです」

「わかった」真澄が挙手した。「じゃ、あたしがふたりを韓国料理のいいお店に連れてってあげる。どうせふたりともあれでしょ、絶対音感の人とおなじで、一回食べた料理の味はパパっと簡単に再現できちゃうんでしょ？」

「そうなんですか？」

杏子はぎょっとした。絶対音感の持ち主は、一度耳で聴いた曲を、譜面も見ずにその場ですぐに再現して弾けてしまうそうだが。

「できないこともないが、さすがにそんな付け焼刃で社員たちに料理を出すわけにはいかないよ。真澄ちゃんのお店には味の勉強で行かせてもらうとして、あとは知り合いの韓食料理人に頼んで数日、研修させてもらうとしよう。渚も来られるかい？」

「はい」

渚が神妙に頷くと、真澄がさっそく「こんな感じなの」と韓国料理店の名をスマホで調べて紹介しはじめる。

料理長も渚も、惰性でなんとなく料理を作っているわけではない。常に提供される側のことを考え、最良の状態でもてなせるよう、日々、腕を磨き続けている。

自分も彼らの力になっておいしいビビンバを作り、この投函者を唸らせてやりたい。杏子は乱雑に書き殴られた意見書を見つめながらそう思った。

*

それから二週間ほどが過ぎ、月末を迎えた。

その日、杏子は朝からそわそわしていた。野菜を切っているときも、材料を混ぜ合わせているときも、なんとなく浮ついて集中しきれない。食堂の後片付けが一段落したあとも、めずらしく化粧室へ足を運んで、汗でくずれがちな化粧を直しをしたり、髪を整えてみたり。

営業時間が終わってパートの援軍が去ってからも、落ち着きのなさは変わらなかった。

理由はわかっていた。今日は苗字に藤の字のつく若い男性社員・内藤隼介がこの〈キッチン藤丸〉にやってくるからだ。

「企画開発部の人だっけ?」

梢が下味をつけたヤンニョムチキン用の鶏肉に片栗粉をまぶしながら問う。今日はフロアが片付いても試食向けの料理を用意するために調理作業が続いている。

「そう。今月の社内報に載ってた彼」

向かいで杏子が、チャプチェに使用する赤パプリカを切りながら答えた。厨房では牛刀という一般家庭用よりもやや長い包丁を使うので重い。

「えっ、朝、配られたやつか。藤のつく人なんか載ってたっけ?」

「うん、韓国料理の食材を新規で扱いたいってアピールしてた。広報課の紗由さんが取材した相手だよ。ちょうど社食で韓国料理フェアをやるから、紗由さんがひそかに内藤さんに勧めてくれたらしいの。社食のフェアにのっかって社員に広めたらどうかって。社員のウケがよければ得意先にも売り込みやすいし、実際にここで料理をもてなしながら商談するのもいいしって」

世間には、社食を一般の人々にも開放している企業があるが、藤丸物産は基本的に社員のみの利用に限っている。ただし事前に予約を入れておけば、取引先のお客さまを特別にもてなすことが可能なのだ。とくに営業が、社で新規に扱う商材の味を得意先のバイヤーに披露することがある。もちろん、事前に担当者と話し合い、試作と試食をかさねて慎重に進められる。

「ああ、だから今日は他部署の人まで試食に来はるのね」

「そうなの」

もちろん紗由の目的は、杏子と内藤に接点を持たせることにもあるのだが。

紗由の誘いに乗って、内藤から田貫部長に連絡があったのは十日ほど前のことだ。

その後、営業担当らに田貫部長と料理長が加わり、社食の半個室スペースにて韓国料理フェアの詳細についての打ち合わせが行われた。

杏子はちょうど仕込みの手伝いの最中で、例のごとく渚にこき使われていたので、この食堂フロアにやってきた内藤には、あいにくお目にかかることができなかった。

ホールの清掃を装って、こっそり打ち合わせの場を覗いた真澄の感想は、

「あの人、どっかで見たことある」

だった。紗由曰く、内藤は社食にはたびたび食べに来ているらしいし、社内報にも顔写真が載っていたから見覚えがあってもおかしくはない。

顔に関しては、杏子も社内報で拝見済みだ。やや筋肉質だという紗由のふれこみの影響

か、一見、凛々しくて体育会系の印象があった。ピンとくるものはなかったものの、小さ
な顔写真だけでは彼が藤の君かどうかの判断はつかない。実際に本人に会ってみないこと
には。
内藤は果たして、あの日、エレベーターでぶつかった彼なのだろうか。もしそうなら、
今度こそ恋に発展するのを期待したい。

そんな杏子の下心をよそに、韓国料理フェアの計画はとんとん拍子で進み、今日、その
試作品を味わうため、彼がこの社食にやってくることになった。そしてさらに、ほかの人
の反応も見たいそうで、杏子たち正社員の調理補助員もめでたくその試食会に参加できる
ことにあいなったというわけだった。

約束の時刻は十三時半。食堂の営業が終わり、社員たちがみな業務に戻ったあとだ。
取引先のお客様をもてなす予定の料理――の試作となると、みな、いつも以上に身が入る。
それが社運を左右する可能性だってあるのだから無理もない。

いくつかの試食用料理が仕上がるころ、
「おつかれさまっす」
食堂に若い男性社員があらわれ、カウンター越しに挨拶をしてきた。杏子は、顔を見て
それが内藤隼介だとすぐにわかった。社内報の写真の印象通りのややがっちりした体育会

系だ。きりりと張った眉が立派な濃いめの男らしい顔立ちだった。

「ああ、おつかれさん。もうじきできるから、そのへんの席で待ってて」

すでに顔見知りになった料理長が、にこやかに言った。

「いい匂いですね。スンドゥブですか」

内藤はテーブル席にはつかず、厨房を軽く見まわしながら香りを嗅ぐ。

「ええ。内藤君の売りたい万能たれも使ってますよ。あれはなんだろう、韓国醬油とニンニクと、生姜、それに粒胡椒、フルーツ系の風味もあるからりんごとか柑橘系のものも入ってるのかな？」

「ええ、その通りです。もうサラダにでも冷奴にでも焼肉にでもなんでもいけてしまうんで。韓国醬油のメーカーさんイチオシのものなんでぜひともセットで売り込みたいっすね」

「韓国醬油は日本の醬油とはまた違った独特の風味があるよね」

「味噌を作るときに豆麴を浸した塩水が発酵したものだそうですよ」

「ああ、韓国料理屋のおやじもそんなことを言ってたな。韓国の味噌も奥深いね。コチュジャンとサムジャンと……。質感は日本の田舎味噌に似てるが、あっちのは煮立てても味は飛ばないいんだよね」

「ええ。むしろ煮立てたほうがコクが出るんすよね。韓食自体が十数年前から徐々に世界中に広がっていて、とくに韓国醤油とコチュジャンとテンジャンの輸出は倍の勢いで増加しているそうです。今後も伸びるでしょうね」

杏子が内藤と料理長の会話になんとなく耳を傾けていると、

「どうなん、杏子さん。あの彼は藤の君なのか、そうじゃないのか」

梢が横からひそかに訊いてくる。

「うーん……、違うかも」

身長がそこそこ高いという共通点はあるものの、どうも記憶の中の彼とは繋がらない。まず、声が違うのだ。内藤は低く野太い。藤の君も決して高くはないが、野太くはなかった記憶だ。なめらかでほどよい艶のある、響きのよい声質だったと思う。

内藤が藤の君かもしれないと、どうも無意識のうちに期待値が高まっていたらしく、杏子はそうでなかったことが判明してしまって少々がっかりしていた。すると、

「やっぱ、あの人どっかで見たことある」

向かいで出来上がったチャプチェを盛りつけていた真澄が、どうもひっかかるようすで低くつぶやく。

「そりゃ、社内報で見たからやろ」

「違うって。どっかで会ったことあるの。うーん、どこだっけな」

「社食でなんとなく見かけてるせいじゃない？　わりとインパクトある顔だし」

杏子も、名前は知らないくせに、いつのまにか覚えてしまった顔がいくつかある。

「そうじゃなくて」と言ってしばし黙り込んで考えたあと、

「ああっ、思い出した。小学校が一緒だった隼ちゃんだ」

くじ引きで三等が当たったくらいの顔で言うと、真澄は手を止めてカウンターのほうに駆け寄っていった。

「えっ、ほんとのお知り合い？」

杏子は驚いて、梢と顔を見合わせる。

「すみません、もしかして、隼ちゃんじゃない？　ねえ、そうよね、隼ちゃん、あたし、真澄だよ。綾瀬真澄。覚えてる？」

真澄はカウンターから身を乗り出し、内藤の顔をあおぎながら問う。

「…………」

内藤は、料理長との会話にいきなり割り込んできた真澄に面食らって、数拍のあいだ沈黙した。そのうちに記憶を辿れたのか、

「おう、もしかして蔦ノ森小学校の真澄ちゃん？」

ややぎこちなく笑みながら返す。

「そうそう。その真澄。やっぱりそうなんだ。隼ちゃんなんだ。えーっ、懐かしい。なんで隼ちゃんが藤丸物産にいるの？　いつから？」

真澄の頰が紅潮する。

「去年、新卒で入社したんだよ。真澄ちゃんもここだったなんて、すごい偶然だね」

横で、やりとりを見守っていた料理長が首をひねった。

「ふたりは同級生かい？　ん？　でも真澄ちゃんはまだ二十一だよね？」

「ご近所さんで、小学校の通学班が一緒だったの」

「僕のほうが二歳年上ですよ。僕は、実は入社したころから気づいてました。社食に雰囲気が似てる子がいるなと思って、社員証の名前も一致してるから本人だろうなと」

「えー、声かけてくれればよかったのに」

「いやあ、もうお互い昔と違うし、先輩から看板娘って聞いたから、みんなの真澄ちゃんにちょっかいだしたら、自分だけ抜け駆けしてるみたいでズルいかなと思って」

照れたように頭をかいて内藤が笑う。眉は立派だが、笑うととても愛嬌のある顔になる。

「真澄ちゃんは気づかなかったの？」

料理長が問う。

「全っ然。だって隼ちゃん、すっかり変わっちゃったんだもん。昔はもっと太っちょだったよね。こーんな感じで」

相撲取りが仁王立ちするような格好をとりながら、真澄が無邪気に言うと、

「そうそう。でも、中学になってテニス部でしごかれるうちにどんどん痩せていったんだ。あ、俺、インターハイで準優勝までしたんだよ」

「えーっ、インターハイはすごい。あのぽっちゃり隼ちゃんがそんなスポーツマンになるなんてまさか思わなかったわ」

「でも俺、もともと動けるデブだったでしょ」

親指で自分を差し、内藤はにっと笑う。

「うん、そういえば運動会の選手リレーとか、毎年代表で走ってたよね。ミンチ内藤って呼ばれてみんなから応援されてた」

「おー、そうだったね。真澄ちゃんにはよく、そのあだ名でからかわれたなあ」

当時を思い出したらしい内藤が苦笑いする。ミンチ＝肉＝太っちょの連想だろうか。子供はなかなか残酷だ。

「そうだよ、ごめんね。隼ちゃん、ちっとも怒らないから、あたし調子に乗って通学中に

大声でそのあだ名を呼んだり、ランドセルに落書きしたりしてた」

真澄がばつが悪そうにもじもじしながら詫びると、出来上がった豚チヂミをちょうどカウンターに運んだ渚が渋面を作った。

「おまえ、なかなかエグいことしてるな。それ立派なイジメじゃないの」

たしかに、ふたつも年上の大柄な男子にそこまでやらかした真澄の度胸はすごい。

「だから今、謝ってるんじゃん」

居直り気味に真澄が言うと、

「いいよ、そんな昔のこと、全然気にしてないから。あだ名も今まですっかり忘れてたし」

内藤は笑いながら流す。おそらく当時の真澄に悪意はなく、子供特有のおふざけにすぎなかったのだろう。

「それにしても懐かしいな。ねえ隼ちゃん、今度、飲みに行こうよ。いろいろ話が聞きたい」

真澄がはしゃぎながら誘いかける。人付き合いの好きな真澄の場合、お茶や飲みに誘う行為に、とくに目的や下心はない。

「もちろん、いいよ。行こう行こう。……すみません、冷めてしまう前に、まずは料理を試食させていただきます」

内藤は快諾したところで話を切りあげ、カウンターに並べられた韓国風料理をテーブル席に運び出した。

そこへ折よく、田貫部長もやってきた。部長の目的は企画開発部の件とは別に、フェア用の料理としての味を確認し、最終的な許可を出すことだ。毎度の仕事である。

「おまたせ。キムチの旨そうな匂いが総務部の私の席までに匂ってきたのだ」

空腹らしい田貫部長が、それでも出ている太鼓腹をさすりながら言う。

「いやぁ、フロア違ってるのに鼻が利くっすねえ、部長」

内藤が笑いながら、ふたたびカウンターに戻ってきて新たな料理を運び出す。営業マンらしくフットワークの軽い男だ。杏子たちも試食のために、各自料理を持ってフロアに移動することにした。

テーブルに並べられたのは香り高い湯気を放つスンドゥブチゲ、胡麻が香ばしいスタミナ満載のプルコギ、コチュジャンベースの甘辛いたれをまとったヤンニョムチキン、韓国の海苔巻きキンパ、喉越しのよさそうな韓国風冷麺などで、このうち企画開発部の商談に使われるのはスンドゥブチゲ定食だ。

メインとなるスンドゥブチゲのほかに、豚チヂミ、豆もやしと韓国のりのナムル、それに白ご飯がセットされている。内藤が売り込みたい地方の特製のジャン類や、韓国醤油を加えて作った万能たれなどを生かした定食となる予定だ。

「いただきます」

皆で手を合わせ、おのおの興味のある料理を取り分ける。

杏子はまず、問題のビビンバ丼を真澄と半分ずつ食べてみた。匿名のリクエストにお応えして、辛さを倍増させた激辛タイプとなる。

「辛さはどう？　杏子ちゃんはあんまり辛いの得意じゃなかったよね」

料理長に問われる。

「んー、激辛というほどではないけれど、普段のよりもずっと辛いですね。私はちょっと抵抗あるくらい。辛口と書いていいレベルだと思います」

口の中や喉が辛くなってしまい、杏子は、はーっと息を吐きだした。目も潤んでくる。

それから次に、全員に提供されたスンドゥブチゲの味をみてみた。

落とし玉子が半煮えになっているアツアツのスンドゥブチゲには、豆腐、ネギ、豚肉、おおぶりのあさりなどがごろごろと贅沢に入っていた。キムチを入れた本格製法だという。

「お豆腐がやわらかいですね。絹というか、おぼろ豆腐？」

ひとくち食して小首をかしげる。とろりと蕩けるまろやかさなのだ。

「これは韓国の純豆腐というやつです。にがりをうったあと、固まる前に掬いあげる製法らしいですよ」

　端っこの席に軽く腰を下ろした渚が、めずらしく味を確認するように自分の分を食べながら教えてくれた。好物なのだろうか。

　渚はいつも、試食のときはたいてい傍観しているだけだ。料理長に至っては腕に自信があるからなのか、基本的に試食の席に姿を見せず、作るだけ作って、反応を見る仕事は渚に丸投げである。今回はおそらく営業が絡んでいるので、きちんと同席して反応を見守っているが。

「ピリ辛のスープが最高です、料理長」

　おなじくスンドゥブチゲを味わった真澄がすっかり白旗を揚げると、料理長が、

「我々が指導を受けた韓国料理店の店主直伝の熟成キムチを仕込んであるんだよ。発酵が進んで、酸味と旨味が増したすごいやつね。あとは内藤君の発掘してきた万能たれのお手柄だ」

「うむ。辛味と旨味が一体化してまろやかだな。酸味の広がりが穏やかというか……」

　口の肥えている田貫部長も舌鼓を打った。

「あさりや豚肉の脂の旨味も合わさって、より辛さにまろみが増しておいしいわね」

　みゆきも頬をゆるませた。

の辛さが憎い。

「あー、でも辛いなぁ。食べれば食べるほど辛さが増します。おいしいんだけど……」

杏子はだんだん味覚が麻痺していくような錯覚に陥ってきて嘆く。旨味と背中合わせの辛さが憎い。

「いやいや、辛さは正義だ。うまい。この辛ウマ成分こそが全身の疲れや毒を出してくれるのだよ、うむ。もう病みつきになるね。おかわりいっちゃおうかな」

田貫部長がスンドゥブのスープをすすり味わいながらしみじみと言う。

「こないだのデザートの試食んとき『甘さは正義だ』言うてましたやん、部長」

梢が横から小突いて言うと、「それも正義」と意味不明なことを返してヤンニョムチキンにかじりつく。

「辛いもの好きの男っていいよね。男ならガンガン激辛料理食べないと。カレーなら五辛とかいっちゃってほしい。あたしも一緒に頑張るから」

真澄がチヂミをほおばりながら言うと、内藤がごくごくと水を飲んでから、

「おお、俺は筋金入りの辛好きだよ。大学時代は韓国料理店でバイトしてたくらいなんだ。まかないはいつも豚キムチチャーハンかプデチゲでさあ。今回の取引も、当時の経験から韓食いけるんじゃないかってひらめいたのが発端なんだよ」

額に滲んだ汗をハンカチで押さえつつ、誇らしげに笑った。

「プデチゲってなに？」と真澄。

「あー、韓国のラーメン鍋みたいなもん？」

「そうなんだ。あっ、じゃあ今度、激辛ラーメン食べに行こうよ。おいしいお店知ってるの」

真澄が誘うと、内藤は「いいよ」と頷きながら、また額の汗を拭く。

ホールは快適な涼しさが保たれていて、汗をかいているのは内藤だけだ。人一倍代謝がいいのだろう。「うまいうまい」と言いながらも眉間にしわを寄せ、きつく瞬きをくりかえし、フーフー言いながらスンドゥブを味わっている。あまりにもせわしなく食べるので、辛いのがつらそうにさえ見受けられるほどに。

「これはキュウリかね、井口君？」

辛口ビビンバ丼を食べていた田貫部長が、具材のひとつであるズッキーニのナムルを箸でつまみ上げて問う。

「キュウリではなく、ズッキーニですよ」

「ああ、そっちかね」

「渚、詳しく説明してあげて」

「はい。その細切り状態だと見分けもつきにくいんですが、ズッキーニはおなじウリ科の夏野菜でもかぼちゃの仲間に属していて、キュウリとは別ものです。韓国じゃズッキーニのナムルはご飯のおかずで、よくビビンバの具にもなっているそうです」

「ほう。そうなのか」

田貫部長が渚の説明に深々と頷いた。杏子も食べてみたけれど、隠し味の魚醤と、えごま油の香りがほのかに効いていておいしかった。

その後、みんなであぁだこうだと言いながら、ひととおり試食をすませると、折を見て、料理長が田貫部長と内藤に問いかけた。

「どうです、おふたりとも。ご意見があればできる限り反映させるつもりですが」

「うまかった。文句なしだ。激辛フリークもこれで黙らせられるであろう」

ビビンバ丼を早々に空にした田貫課長が、腹を叩いて太鼓判を押した。

「僕もいいと思います。メニューのバランスもいい。この料理なら強気で商談に臨めそうです。社食の反応がよければ、さらにゴリ押しが効きますし」

内藤はハンカチでしきりに汗を押さえて頷く。

杏子も、辛いけれど、それに勝るおいしさにつられてたくさん食べてしまった。調理師のふたりが、短期間ではあるが韓国料理店で研修しただけのことはある。

いいフェアになりそうだなと、杏子の胸は期待にふくらんできた。辛い物を食べて高揚しているせいだろうか。とくに手柄を挙げてどうというわけでもないのだが、自分のひらめきが具体的に形になっていくことはうれしいいし、いずれ売り上げという形で数字に出てくるのを想像するとひそかに頬がゆるんでしまう。

しかし、お礼を言うつもりで、ふと渚を見ると、なにか納得がいかないことでもあるのか、もの言いたげな視線を料理長とかわしていた。

＊

試食会から五日が過ぎ、七月に入った。

東京は梅雨真っ盛りで、気が滅入る雨天が続いている。社食のホールも、ガラス張りの向こうは雨にけぶって、いつものようなきれいな景色が見えない。これでは窓際の席も価値が半減だが、社食は連日、賑わいをみせていた。雨が降ると社員たちは社外の店には行きたがらないから、おのずと喫食率が上がるのだ。

休憩時間になったので、杏子が食堂意見箱をチェックしにいくと、またしてもタチの悪い投函があった。

『ビビンバ丼・看板娘・天誅』

まかないを食べるいつものメンバー――杏子と真澄、梢、それにみゆきの四人は、ホールのテーブル席の真ん中に置いた意見書を取り囲んで眺めていた。

「天誅って」

今回も黒いペン字で乱暴に書き殴られている。ビビンバそのものに加え、あきらかに真澄を中傷する内容だった。

「いったいだれがこんなひどいことを書いてるの?」

杏子が憤りを覚えていると、ちょうどまかないをテーブル席まで運んできてくれた料理長が、上から意見書をのぞき込んで言った。

「このまえのと同一人物かな?」

「おなじに決まってますやん。こんな悪質な意見」

梢が料理長からまかないを受け取りながら憤然と言う。

今日のまかないは夏野菜たっぷり栄養満点のラタトゥイユだ。皮のパリっと焼けた鶏肉のソテーとペペロンチーノがワンプレートになっている。野菜の偏りをのぞけば、社員に提供されたものとほぼおなじだ。みゆきが先に食べていいよと勧めてくれたので、空腹だった杏子は真澄とともにそのお言葉に甘えた。

「真澄ちゃんを標的にしているみたいだけど、急になぜかしら?」

みゆきがつぶやくと、料理長が言った。

「料理ではなく社食のスタッフ全員を恨んでいて、次回は別の人間を攻撃するかもよ？」

それもありうると全員の顔が曇る。

不快な衝撃を受けた真澄は、じっと意見書を見据えている。社内に自分を排除したがっている人間がいるとわかれば気になるし、居心地は悪い。杏子も自分の名を刻まれたときを想像してうすら寒くなった。

料理長が残りの人数のまかないを取りに厨房に戻ってしまうと、

「真澄ちゃん、なにか心当たりある？　だれかから恨みを買うような……」

杏子はパスタをフォークに絡めながら、念のため訊ねてみた。

「ある。人事の本宮アリサ」

真澄は箸を手にしつつ、むっつりした顔で答えた。

「だれそれ？」

いきなり具体的な名が挙がって驚いた。しかもはじめて聞く名前だ。

「人事部のきれいどころ。もともと目につく人だったけど、最近、敵意むき出しでこっち見てくるのよね」

本宮アリサ、二十四歳。上司や先輩の受けはよく、仕事もそつなくこなす、おまけについふり返りたくなるほどに容姿端麗で、女ぶりで言えば入社当時から注目を集めている社内若手ナンバーワン女子なのだという。

「なんでそのナンバーワン女子が、真澄ちゃんに敵意をむきだすの？」

杏子が、理由がわからなくてたずねると、

「本宮アリサは入社二年目で隼ちゃんの同期なの。で、このまえの金曜日に隼ちゃんと飲みにいったときに聞いたんだけど……」

真澄が声を少々控えて語りだした。

「最近、本宮アリサから、社食の名無し君と真澄は付き合っているのかって訊かれたんだって。知り合いなら確かめてほしいって」

「社食の名無し君てだれや？」と梢。

「社員証をつけてない渚のあだ名らしいよ」

「そういえば渚君、いつも社員証つけてないわねえ」

みゆきが思い出して苦笑する。

「本宮アリサは渚に目をつけてるらしくて、渚と一緒に帰ってるあたしのことが気に入らないみたい。ついでに社食の看板娘ってのもおもしろくないんじゃないかって。自分が一番でいたいから」

「それで真澄ちゃんを辞めさせるために、遠回しに嫌がらせのメッセージを送り続けてるの？」

　真澄もちやほやされる存在だ。追いつめられた真澄が藤丸物産を去れば、花が一つ減って、自分がより際立つという腹積もりだろうか。

「浅はかすぎるっていうか、そんなミエミエなこと逆にできないような気がするけど……」

　杏子が言うと、

「でもその裏をかいて堂々とやってのけている可能性もあるでしょ。だから渚ともあんまり一緒に帰ったりしないほうがいいかもって隼ちゃんが言ってた」

　真澄は本宮アリサを犯人だと決め込んで、彼女の嫉妬に呆れたようすでラタトゥイユを食べはじめる。

「ところで、渚君って意外とモテるんだね」

　そこには心底驚いて杏子は言う。しかも相手は人事部の花形だ。

「渚は、派手さはないけどフッーにいい男でしょ」

　真澄があたりまえのごとく、さらっと言った。するとみゆきも、

「そうね。よく気がつくし、いつも小奇麗で育ちもよさそう」

「言われてみれば、たしかに良家のお坊ちゃん感はあるけど……」

みゆきまでが認めているのは意外だった。

「包丁持たせるといい男になるな。自分はどっちかっていうと料理長派やけど」

「えええっ、梢ちゃんまで？」

「杏子ちゃんはたまたま渚君が好みのタイプじゃないから、彼のよさがわからないのかもね」

　みゆきが笑いながら言うので、

「うん。全然わからない。だって年下のくせにいっつも私のことこき使うし、実は私生活はだらしなさそうだし、たしかに包丁捌き（さば）きはきれいだけど、社員証もつけないようないい加減な人ですよ！」

　少々、息巻いて答えていると、

「誰の悪口言ってんですか？」

「あっ」

　いきなり背後から渚の声が降ってきて杏子は閉口した。ふり返ると、残りふたり分のまかないをもって彼が立っているではないか。

「渚の悪口に決まってんじゃん。ね、人事部の本宮アリサって知ってる？」

　気づいていた真澄が堂々と問い返す。

「知らない」

「人事部の社内若手ナンバーワン美女だって。渚君に気があるらしいよ」

杏子が補足してやると、

「へえ」

渚は梢とみゆきの前に料理を置きながら、他人事のように聞き流す。

「あら、興味ないの？」みゆきが問うと、

「ありません。俺は自分が想っている相手にだけモテればいいんで」

淡々と答える。ほんとうにどうでもよさそうだ。

「つまらんな。視野狭すぎやろ」と、梢がぼそり。

「誠実でいいじゃないの」

みゆきが笑うと、真澄がたまりかねたように言った。

「もう渚が本宮アリサを口説いちゃってよ。そしたら万事解決するんだからさ！」

「なんの話？」

渚がけげんそうに真澄を見やる。

「本宮アリサさんは、渚君と真澄ちゃんが仲良く一緒に帰ってるのを見て、ふたりが付き合ってると誤解してるみたいで――」

杏子が内藤の憶測を手短に話して聞かせると、

「つまりその本宮さんとやらが嫉妬して、意見箱に嫌がらせの投函をしていると？」

「そ。お邪魔虫のあたしを辞めさせるのが目的なのよ。そんで社内ナンバーワンの地位を盤石にして、男も手に入れるの」

「くだらない。だれもそんな中学生みたいなマネしないだろ。証拠もないし」

「女の嫉妬は怖いんやで」

梢が横から脅しを入れる。

「でも、たしかに証拠がないのに決めつけるのはよくないわね」

みゆきも言うので、

「そうそう。もう少し様子を見よう。おまえはちょっとつらいかもしれないけどさ」

渚はなだめるように言う。真澄のことを気にしてはいるのだ。

杏子もいささか強引な決めつけであるとは思う。実際、真澄だって、本宮アリサだと仮定することで、やり場のない怒りと不安を抑え込もうとしているだけなのだろう。顔の見えない相手から攻撃されるのはつらいものだ。いつまで続くかもわからないのだからなおさら。

「………」

真澄は短く嘆息したきり、むっつりと口を閉ざしてしまう。気丈にふるまっているが、めずらしく落ち込んでいるらしかった。

「真澄ちゃん、カウンターしばらくやめてみる？」

杏子が思い切って提案してみる。表に出なければ中傷される確率も減りそうな気がする。

けれども真澄はかぶりをふって拒んだ。

「ううん、いい。このまま頑張る。だってここで引き下がったら相手の思うツボだし」

そう言って黙々と鶏肉を切って食べだす。

真澄は自分に正直で気まぐれな面もあるが、物事を途中で投げ出す無責任なタイプではない。もちろん意地やプライドもあるだろう。

本宮アリサの可能性もあるが、なんとか早く犯人を特定しなければ。一方的にやられっぱなしなのはもどかしいし、追いつめられている真澄を早く楽にさせてあげたい。

そんなことを思いながら、杏子もまかないを食べはじめた。

*

社食で韓国フェアがはじまって三日が過ぎた。

梅雨が明けて暑さも本格的になり、厨房はピーク時を迎えるとサウナのごとく蒸し暑くなる。

この日、杏子は回転釜でシーフードカレーを作っていた。釜は小ぶりのものだが、家庭用の鍋など比にならない容量だ。中味をかき混ぜるスパテラも柄が長く、船でも漕いでいるような気分になる。

ルウは小麦粉を炒めるところから作られるが、そこは仕込みの段階で渚が済ませてくれた。

渚は小料理屋勤めだったので回転釜での調理など経験ないはずだが、「鍋の大きさが変わっただけなので」と言って、すぐに手際よく扱うようになった。料理長もそうだが、男で腕力があるというだけでなく、料理人の勘と経験が利いているせいか、杏子たちが作るよりも仕上がりはぐっとおいしくなる。

材料となる野菜はマッシュルームと玉ねぎ。玉ねぎは個別に三十分間しっかりと炒めたもので、そこにマッシュルームを加えて炒め、さらにガラと野菜屑を二時間以上煮込んで作っただしとルーを流し込んで煮る。

イカやむきえびやあさりは煮詰めると硬くなりがちなので、最後に加えることになっている。こちらもきちんと白ワインで蒸して風味と旨味を引き出したものだ。

やっぱ暑いの苦手だな……。

杏子はスパテラを動かしながらため息をつく。今日は朝から体調が思わしくなくて、正直、玉ねぎを炒めたところで力尽きていた。

それに気掛かりなこともある。

ＨＰ上での宣伝や食堂内のポップのおかげで、目新しい韓国グルメがそろった社食フェアは好評だ。今週いっぱい、五営業日だけの限定企画というのも大きいだろう。

けれども社食の繁盛とはうらはらに、またしても昨夜、意見箱には例の嫌がらせらしき投函があった。

見つけたのは、今朝、仕込みのために早めに出勤した渚だった。真澄の目にふれるまえに、料理長と相談して早々に処分したそうだ。内容はビビンバに対する不満と真澄への中傷が殴り書きされていて、前回と似たようなものだったという。

渚の判断は正しかったと、カレーをかき混ぜながら杏子は思う。

いつもは太陽のように明るい真澄も、ここ数日はご機嫌斜めで覇気もない。もちろん彼女に食堂スタッフを辞めるつもりなど毛頭ないだろうけれど、どのタイミングで投函されるかわからない意見書にはひどく神経をとがらせていて、暇さえあれば意見箱を覗きにいってばかりいる。心なしか、杏子たちにもよそよそしい。もしかしたら社食スタッフのだれかが犯人の可能性もあると疑っているのかもしれない。そんなだから、渚も真澄の目を盗んで意見箱をチェックしたのだろう。

犯人はだれなんだろう。せっかく自分が提案したフェアが好評を博しているのに、杏子はいまいち喜べないでいた。フェアで激辛ビビンバを打ち出したせいで、かえって犯人を刺激してしまったのではないかとも思うからだ。

暑さに耐えながら釜の中味をかき混ぜていると、ブーッとスチコンのブザーが鳴った。扉を開けたら、加熱された空気が厨房に巡っていっそう熱くなるのだろう。考えるだけでうんざりしてくる。

担当の梢が扉をあけて、焼きたてほやほやの豚チヂミが埋まった天板を取り出すのを尻目に、杏子はひたすらスパテラでルウを混ぜ合わせ続ける。

それにしても暑い。ときどき聞こえる料理長の指示も、どこかの知らない駅で流れる放送みたいに遠くて、あまり頭に入らなくなっていた。回転釜から絶え間なく生じる熱気にあおられ、意識がもうろうとしてくる。いつもはおいしく感じるカレーの香りも、今日は嗅ぎたくない。ぐるぐると釜の中でうねるカレーを見ていると、前後不覚になって目が回りそうになる。

ふと、キーンと耳鳴りがして、視界がにわかにサアッと白く濁りだした。

この感じ、覚えている。ずっと昔、中学校の朝礼で倒れたときとおなじ。息も薄くなって、自分の鼓動だけが耳に響く。まずい。このまま倒れてしまう。料理長に言って休ませてもらわなければ。

そう考えた時にはもう遅かった。くらりと意識が遠のき、スパテラを持つ手から力が抜けた。

倒れる——。

ところが、膝が崩れかけたところで、背後からだれかに脇をすくわれた。

そのまま背中を抱いて支えてくれる。

「大丈夫ですか？」

耳元で問われた。その声が渚だと理解するのに少し時間がかかった。

スパテラはすでに杏子の手からはなれている。混ぜ続けないと回転釜の底が焦げついてしまうのに。ぼやけた感覚の中でなぜかそんな意識にとらわれていると、渚が自分を抱えたまま身を屈め、回転釜の火を切ったのがなんとなくわかった。

ほっとするのと同時に、霞みかけていた視界が徐々に元に戻って、意識もなんとかはっきりしてくる。このままではいけないと、杏子はかろうじて足にふんばりをきかせて体勢を持ち直した。

「ごめん。なんか急に立ち眩みがして……」

汗と熱が一気に引いて、血の気さえも失せてゆくような奇妙な感じが続いている。

気づいたらしい料理長が、

「熱中症になりかけてるね。渚、休憩室に連れてってあげて。……みゆきさん、手が空いてたらちょっと看てあげて」

パートが担当している揚げ物を手伝っていたみゆきに声をかけた。

「杏子さん、大丈夫?」

近くにいた梢も気づいて駆け寄ってこようとするが、

「浦島君、ヤンニョムのソースからめるよ」

料理長から指示が出て、「はーい」とあわてて引き返す。いまが一番、忙しい時間帯だ。

「歩けますか?」

渚に問われる。

「うん、なんとか」

頷いたものの、渚の支えがなくなると、いまいち足がおぼつかない。

ふたたび彼が支えてくれたので、そのまま酔っ払いみたいなふらふらした足取りで控室に向かった。そういえば渚はさっきガス前でなにかを調理していたのに、いつのまに駆けつけたのだろう。ああ、料理長とおなじで目が頭の後ろにもついているような人だから、小間使いの動きが鈍くなっていることにはとっくに気づいていたのか。と、そんな結論に落ち着くころ、控室の奥にある更衣室を兼ねた畳の間に辿り着いた。

渚はきちんと片付けられた四畳間に杏子を横たわらせると、エアコンのスイッチを入れた。

「大丈夫、杏子ちゃん?」

すぐにみゆきがミネラルウォーターと業務用の保冷剤を抱えて駆け込んできた。

「すみません……、暑さのせいか、急にめまいがして」

「夏場はどうしてもね。給食センターでもいたわよ、倒れちゃう子。無理したらダメよ。ときどき冷蔵庫入って身体冷ましたりしていいから」

みゆきはてきぱきと杏子のブラウスの襟元の釦を外し、エプロンの紐もゆるめて楽な状態にしてから、保冷剤を両腋に挟ませて体を冷やしてくれる。

「はい、申し訳ありません」

みんな暑い中頑張っているのに、自己管理のできていない自分が恥ずかしくなった。

「飲めますか?」

渚がミネラルウォーターのキャップをゆるめ、横から差し出してくれた。

「うん」

杏子は少しだけ身を起こし、水を飲んだ。

きんと冷えた水が喉をおりるたびに、熱された体が気持ちよく冷えていった。

「杏子さん、朝飯ちゃんと食べてます？　朝を抜くと熱中症のリスクが高まるそうなんで」

渚がまじめに訊いてくる。

「食べてるよ。ゆうべ、ちょっと夜更かししたのがよくなかったみたい」

暑さは昨日とそこまで変わらないから、寝不足が原因なのだろう。オンデマンドの海外ドラマを、続き知りたさに、目薬をさしてまで全話ぶっ通しで見てしまったのが祟ったらしい。

「でも渚君が助けてくれてよかったわ。よく気づいたわね」

みゆきが感心して言うと、

「いや、料理長のほうが先です。俺はあの人が、杏子さんを妙に気にかけているのを見て動いただけだ」

常に状況把握のできている料理長を敬う一方で、それに及ばない自分を責めるような口ぶりだった。あいかわらず自分に厳しい人だ。

「料理長の動き見て判断した渚君もすごいと思うよ。……実際、わたし、渚君のおかげで助かったんだし」

　感謝の気持ちでいっぱいだったので、杏子はかすれた声を絞り出した。渚のとっさの支えがなかったら、回転釜に突っ込んで大やけどしていたかもしれないのだ。

「だから、ありがとう。忙しいときに、ごめんね」

　自分が抜けるとその分、みんなに負担がかかってしまう。

「かまいません。今日はパートの方が全員揃ってるので。気にせず休んでください」

　渚はいたわるように穏やかな声音で言うと、厨房に戻るために立ち上がった。いつもはじゃんじゃん指示を出されて酷使されている時間帯なので、妙な感じだった。

「ひとりでいい？　なにかあったら呼んでね」

　みゆきも早々に立ち上がった。

「わかりました。ありがとうございます」

　ふたりが休憩室の戸を閉めて行ってしまうと、しんと静まり返った小さな部屋にひとりになった。エアコンも効きはじめ、身体に籠もっていた熱がひいて、ずいぶん楽になったのがわかる。

　――大丈夫ですか。

　渚の声が、耳の奥によみがえる。いつも聞いている声なのに、違う人みたいだった。倒れる自分を受け止めてくれた力強い腕や胸の感覚も。

ついさきほどのことなのに、もはやおぼろげなそれらの記憶は、ふだんの渚にはないもの、いつもの彼とは異なる次元に存在しているもののように思えた。ちょうど藤の君の記憶が夢か現実か区別がつかなくなっているのとおなじように。

年下でも男は男なんだな。と、どうでもいいことを考えながら杏子はゆっくり目を閉じた。

*

翌日。杏子は睡眠をたっぷりとって、朝ごはんもしっかり食べて、厨房に復帰した。

少しでも暑さをしのげるよう、コックコートの下にキャミソールを着るのはやめにした。実際、大して変わらないかもしれないけれど、気持ち的に涼しくなればそれでいい。

韓国料理フェア開催中の〈キッチン藤丸〉は、連日盛況だった。

この日のカウンターは杏子が定食担当、その隣で真澄が丼ものとカレーを、そのさらに隣で梢が麺ものを担当していた。十一時四十分をすぎると、それまでわりと空いていたホールに続々と社員が入ってきた。パートの援軍が入った厨房も、来るピーク時に向けてフル稼働だ。

お腹を空かせた社員は、韓国風料理の並んだメニュープレートを眺めたり同僚とくつろいだ表情で語りあったりしている。

このところ真澄は、嫌がらせの投函が尾を引いて笑顔の下でややぴりぴりしていたのだが、ここでついに、ひと波乱が起きた。

「あ」

カウンターの定食エリアでスタンバイしていた杏子は、トレーを支度したところで思わず声を洩らしてしまった。真澄が犯人と目している本宮アリサが社食にやってきたからだ。

取り巻きを引き連れた彼女が、薫風を撒き散らしながら、しゃなりしゃなりと歩いてくる。実はただ単に友人と連れ立ってやってきただけなのだけれど、杏子には大物女優があらわれたかのように見えてしまった。

実際、本宮アリサはまわりの若い女性社員の中でも群を抜いてきれいだった。背はすらりと高めで、顔立ちはきつすぎず、ゆるくもない、女性らしい柔らかさをたたえた正統派美人だ。肩先におりたゆるやかな巻き髪。耳元にはプラチナのピアスが輝く。装いもファッション誌から抜け出してきたかのようにおしゃれで、どこを見ても外れがなく、Ｓランク感の余裕が滲み出てている。

もちろん華々しさでは真澄も負けていない。仕事がらメイクはシンプルだし、お仕着せに身を包んでいるものの、若さと生来の美しさで、ただそこにいるだけで場が明るくなるような華やかさがある。そして隠しきれない育ちのよさ。恋も人生も好き勝手にやってきました感があるが、実はお茶、お花、書道をひととおりおさめ、日本舞踊は名取まで極めた筋金入りのお嬢様である。

本宮アリサはなにを注文するのか。杏子は定食を求めて詰めかけた社員を捌きつつ、さりげなく彼女のほうに注目していた。

ちなみに彼女は、おとといは社外ランチだったようで来ていないし、嫌がらせ投函のあった昨日は日替わり定食を頼んでいる。もしも彼女が犯人だとすれば、ばれないよう、わざとビビンバ以外の料理を選んだのかもしれない。

今日、本宮アリサが並んだのは丼もの、つまり真澄の前だった。今回はビビンバを頼むらしい。

カウンターを挟んで、ふたつの花が対峙した。

真澄の面からは、めずらしく笑顔が消えている。接客中は絶対に欠かさないのに。本宮アリサが嫌がらせの犯人であろうがなかろうが、渚との仲を疑って真澄を敵視しているのはおそらく事実だ。どのみち厄介な存在だから、警戒したくもなるだろう。

真澄の背後の作業台に、出来上がったビビンバ丼がふたつ並べられた。ふり返った真澄がそれを手にしてカウンターに向き直る。

「おまたせしました」

本宮アリサに向かって言い、丼を差し出す。このときまでには、真澄の面にはちゃんといつもの華やかな笑顔が戻っていた。女としてのライバル以前に、大切なお客様だからだ。

ところが、

「あっ」

差し出し方が不安定で悪かったのか、早々に手を出してしまったアリサの受け取り方がまずかったのか、ビビンバ丼がごとりと横に転がってしまった。

当然、中味もずり落ちて、お肉やらもやしやら玉子やらが無残にトレーの上に広がった。たまたまそれを見ていた年配の男性社員が「あーあ」と短く声を洩らす。お腹が空いているときに料理が台無しになるのを見て思わず、といった調子だ。

定食の小鉢（こばち）を揃えていた杏子も、麺のスープを丼に流し込み終えた梢も、真澄に注目していたために手が止まった。そしてそれに気づいた定食の列にいた社員や、麺ものにいた社員たちも、なにが起きたのかと真澄のほうに視線を移す。

あってはならない状況に、まわりにいた社員たちがみな、一斉に注目した。

対峙しているのは誰もが知る、人事部のきれいどころと社食の看板娘だ。

底の安定している丼がひっくり返るなんて、よほど余計な力が加わった場合しか起こりえないのだが、杏子が見る限りでは、どちらにも不自然な動きはなかった。それでもやはり、反目しあうことになりそうな者同士、心理的ななにかが作用したのだろうか。

「なにひっくり返してんのよ」「そっちがしっかり受け取らないから悪いんでしょ」「あなたこそ適当に渡すからいけないいんじゃないの」「そもそも手ェ出すんじゃないわよ、紛らわしいっ」みたいな喧嘩腰の展開になるのではないかとはらはらしたのだが、そんなことはなかった。

「申し訳ございません」

真澄が即座に謝った。立場上、そうせざるをえない。

「いいえ、こちらこそごめんなさい」

大人女子、本宮アリサもただちに返してきた。高飛車な感じは微塵もなく、むしろ彼女のほうが恐縮して、心から引け目を感じているのがありありとわかる、素直で謙虚な謝罪なのだった。やわらかで丸みのある声質のおかげもあったかもしれない。

「ただいま新しいものをご用意いたしますので、少々お待ちください」

真澄が汚れたトレーごと下げ、また別のトレーを用意し、そこに作業台に待機していた新たな出来たてのビビンバ丼をのせた。すると、おいしそうに盛られたビビンバ丼を見て、本宮アリサの顔がうれしそうにほころんだ。

「どうもありがとう。いただきます」

礼を言いながらトレーを抱え、最後にもう一度真澄と目を合わせ、ほのかに感謝のにじんだ笑みを浮かべて軽く会釈してから踵を返す。

敵意はおろか、不愉快さなども1ミリも見せない——そもそもこれしきの状況で不愉快になる狭量な女ではなかったようで、この女、いい人かも、と思えてしまうほどの完璧な大人女子っぷりだった。

ひとまず事なきを得て、杏子も梢も目の前の配膳作業に戻った。人々の注目もなくなって、何事もなかったかのごとく、いつも通りの流れが戻ってくる。

真澄だけが、とり残されたようにこの事件をひきずってしまい、その後は顔から笑みが失せていた。ふだんの彼女なら、この程度のことは気にせず明るくふるまっただろうに。

「真澄ちゃん、気にしなくていいんだからね」

定時を迎え、着替えをすませて休憩室を出てきた杏子は、厨房の隅に架けられたホワイトボードの前でたちつくす真澄に声をかけた。ひとり早々に休憩室を出ていったと思ったら、無言のままボードに貼られた明日のメニューやタイムスケジュールの紙を眺めている。

今日の事件は真澄の過失ではないし相手のせいでもない、ただの悪い偶然だ。

経緯を聞いた料理長も、だれも悪くないよとフォローしたが、真澄は自分のミスとしかとらえられないらしく、口数も少なく、厨房は明かりが一つ消えたみたいな雰囲気(ふんいき)になってしまっていた。

「綾瀬、帰ろう」

渚が、ボードを見上げている真澄にめずらしく声をかけた。いつもなら真澄のほうが渚を待ち構えていて、これでもかというくらいにあれこれ楽しそうに話しかけながら強引にひっぱっていくのに。真澄が気落ちしていることに、彼も気づいているのだろう。

「うん」

真澄が心ここにあらずの声で頷(うなず)いた。

「あ、その前に俺は企画開発部に寄っていく」

渚が、こちらにやってきながら言う。

「なんで?」

真澄がきょとんとする。

「今日中に片付けたいことがあるんだ」

渚は答えながら、なぜかタイムスケジュールの紙を押さえている磁石(じしゃく)を外した。

すると紙の裏にもう一枚、中身が見えない状態で二つ折りにした別の紙が重ねてあって、それが必要だったらしい彼は無言のまま手にした。

渚の行動を見ていた料理長が、

「うん。そろそろケリつけちゃって。うちのかわいい看板娘のために」

と、わりと真顔で不可解な発言をした。かわいい看板娘とは真澄のことだが、どういう意味なのだろう。意見書の件でなにか進展でもあったのだろうか。企画開発部と何の関係が？　——と、杏子が問いかけようとしたところで、

「真澄ちゃん、終わった？」

カウンター越しに声がかかった。聞き覚えのある声だと思ってふり返ると、企画開発部の内藤が来ていた。

「隼ちゃん、おつかれさま。どうしたの？」

真澄が不思議そうに問う。

「俺も今、終わったんだ。一緒に帰ろうよ」

「こんなに早い時間に帰っていいの？」

営業は残務処理が多いので、定時きっかりに退社はめずらしい。

「今日は特別に切り上げてきたんだ。真澄ちゃんが心配でさ」

そのせりふを聞いて、真澄が眉根をよせた。

「隼ちゃんも見てたんだ」

「ああ。でも、たまたま手が滑ったか、タイミング悪かっただけだろ。たまにはそんなこともあるよ。うまいものでも食べて元気出せよ。奢ってやるからさ」

こんな早く仕事を切り上げるなんて、相当無理をして時間調整したはずだ。それほどに真澄を心配しているのだろう。真澄もその気遣いを汲んでか、

「じゃあ、そうしよっかな」

迷いながらも、誘いにのろうとする。そして一緒に帰るつもりだった渚に断りを入れるために彼をあおいだ。そのとき、

「待ってください」

渚が真澄ではなく、内藤に向かって言った。

「ちょうどよかった。今からあなたのところへいくところだったんだ」

「俺のところ?」

内藤がけげんそうに渚を見る。

　すると渚は、手にしていた紙切れをひらいて、内藤に見えるよう示して言った。

「この意見書を投函したのは内藤さん、あなたですよね？」

　二つ折りの紙切れは食堂意見箱の意見書だったようだ。なぜか、内藤の顔色がさっと変わった。

「なんなの？」

　真澄も気になったらしく、横から意見書をのぞき込んだ。そして内容を口頭で読みあげてゆくうちに彼女の表情がみるみる険しくなっていった。

「『ビビンバにキュウリのせるな。看板娘と共に廃棄せよ』」

「えっ」

　杏子も耳を疑った。これは例の嫌がらせの投函ではないか。

「これ……、隼ちゃんが書いたの？」

　真澄がカウンター越しの内藤に視線を移し、驚きのうちに問う。

「…………」

　内藤は絶句したまま、なにも返さない。

　図星だからか。だとしたら、この場をどう切り抜けるかを頭の中で必死に考えているのだろうか。それとも内藤はシロで、疑いをかけられて衝撃でも受けているのか。

内藤は韓国フェアの開催後、一度、社食で見かけたけれど、たしかビビンバ丼は頼んでいなかった記憶だ。

内藤のことが急にわからなくなって杏子が眉をひそめていると、渚が続けた。

「これは一昨日、韓国フェアがはじまってから意見箱に投函された意見書です。しかし今回、フェアで出しているビビンバにはキュウリは入っていない。コストがかさむので、料理長と相談して急遽のせるのをやめたんです」

「そういえば、試食会のときはズッキーニのナムルが入ってたよね」

杏子は思い出した。田貫部長がなんだこれはとたずねたので話題になったのだ。

渚は続けた。

「そう。だからキュウリ、もといズッキーニの入ったビビンバを食べたのは、試作品を食べた田貫部長と社食スタッフの三人と内藤さんだけ。しかし田貫部長がわざわざ嫌がらせなどするわけがないし、杏子さんや浦島が綾瀬を辞めさせたがっていたとしても、こんな陰険なやり口で追いつめるとは考えにくい。となるとこれは内藤さん、おそらくあなたがそのときの感想をもとに書いた意見書です」

「…………」

渚は絶句している内藤に向かって続ける。

「あなたはフェアに出されているビビンバを食べていない。それでズッキーニが入っていないことには気づかず、わざわざキュウリなどと言い換えてカモフラージュしたうえで投函したんです。でもそれが仇になった」

渚に断じられた内藤の表情はこわばっている。

「なんのために俺がそんなことをしたというんだ……」

決して自分が犯人だとは認めないで彼が問う。

杏子は、内藤が真澄に嫌がらせをする動機がなんであるかを考えた。

ふたりは小学校時代からの知り合いだ。当時は内藤が太っていて、真澄が『ミンチ内藤』と呼んでからかって遊んでいたという。もしも内藤がそのことをずっと根に持っているのだとしたら――。

杏子はごくりと固唾をのんだ。

「まさか、昔、自分をいじめた真澄ちゃんに意趣返しとか……？」

可愛さあまって憎さ百倍という言葉もある。目の前の内藤が、たちまち狭量で陰険な男に見えてきて怖くなった。ところが、

「違う」

内藤がただちに否定した。

しかし、それきりうなだれて黙り込んでしまう。どう釈明したところで言い訳にしかならない。本人もそれをわかっていて、なにも申し開きができないでいる。

「そうじゃないんですよ」

見かねた渚が、杏子に言った。

「俺もはじめはそう思ったんですが、先月の試食の際、この人が、辛いのが苦手なくせに無理して料理を食べていたことを思い出したんです」

渚が言うと、内藤の目が鋭くなった。

「なぜ苦手だとわかった……？」

「見てればわかりますよ。料理長も気づいてました」

渚は冷静に答えた。

あの試食会の日、渚と料理長はたしかに腑に落ちないようすで顔を見合わせていた。料理はおおむね好評だったのに、なぜふたりがあんな渋い顔をしていたのか杏子は気になったものだ。

他人が自分の手料理を食べる姿をたくさん見てきた料理人には、わかってしまうのだろう。

「あなたは綾瀬の前だから、見栄を張って平気なふりをしていただけなんだ。つまりどういうことかというと――、この続き、俺が言ってもいいですか、内藤さん？」

本来なら内藤の口から語られるべきことなので、はばかられるといったようすだ。

追いつめられた内藤は、渚の隣に立つ真澄にゆっくりと視線を合わせた。

「なんなの？」

真澄が戸惑い気味に問いつめる。どう捉えるべきかわからず、彼女も大いに揺れているようだ。そして次の瞬間。

「ごめんっ！」

突然、内藤がホールの床に土下座した。

「俺が悪かった。真澄ちゃんを苦しめてしまってごめん。俺、君の気を引きたかったんだ」

額を床につけんばかりにした状態で吐き出すように告げる。

「隼ちゃん……」

真澄は面食らってしまい、言葉もない。

「俺、小学校のころも真澄ちゃんが好きだった。社食で偶然に君をみつけたとき、やっぱりかわいくて、でもなんか気後れして自分から声をかけることはできなかった。そしたらたまたま広報の平原さんが、社食で韓国フェアをやるみたいだから便乗しないかって紹介してくれて、俺、真澄ちゃんに近づけると思って話に乗ったんだ」

「…………」

こっちは藤の君探しの下心があっただけに、やや心苦しい。

「君は俺を覚えていてくれた。おまけに飲みにまで誘ってくれて。俺はうれしくて、君と交際する日を夢見るようになった。……それで、こないだ一緒に飲みに行って、社食に届くクレームの相談をされたときに思いついてしまったんだ。君を口説く方法を――」

真澄は、意見箱に寄せられたビビンバ丼へのクレームのことを内藤に事細かく相談していた。単にビビンバ丼が気に入らないだけならいいが、もしも社食スタッフへの嫌がらせだったら怖いよねと。

内藤は真澄から相談されるのがうれしくて、もっと自分を頼ってもらいたくて、対象を真澄に絞った嫌がらせの投函を思いついてしまった。相談に乗っているうちに、真澄が自分になびいてくれればいいと期待したのだ。折よく同期の本宮アリサが社食スタッフの内情を探りたがったので、それも利用した。

手応えはあった。ひょっとしたら犯人は社食スタッフのだれかかもしれないとほのめかせば、意外にも効果があって、疑心暗鬼になった真澄は、ますます自分だけを頼るようになった。毎夜のようにスマホで相談がきていたという。

「俺は真澄ちゃんを自分のものにできた気になっていた……」

土下座したまま、苦しげに歪んだ笑みを浮かべて内藤は言った。

「真澄ちゃんはつらい思いをしてたのにひどいねえ」

話を聞いていた料理長が呆れ口調で窘める。

「悪かったと思っています。正直、真澄ちゃんとの距離感が小学校時代に戻ってしまっていました」

生意気だけどかわいかった真澄。大人になっても、やっぱりかわいくて惹かれてしまう。この際、傷つけてでもいいから自分の手に入れよう。入れてしまおう。自分が慰めてあげればいいのだし、ばれなければ問題はない。そういう身勝手で浅はかな考えで動いてしまった。

「でも、一番はじめの投函は僕じゃないんで。その相談を真澄ちゃんから受けてはじめて思いついたことなんで、そこは信じてください」

内藤はきっぱりと断言した。

「そうなんだ……」

となれば『激マズのビビンバなんとかしろ』というあの投函は、ビビンバ丼が気に食わなかった社員のだれかが、たまたまなんくせつけてきただけなのだろう。そこに真澄の気をひきたい内藤が便乗してしまった形だ。

「ごめん。本当に申し訳なかった」

内藤はあらためて頭を下げて謝罪した。

「…………」

真澄はぎゅっと口を引き結び、土下座した内藤をじっと見下している。

問題は彼女の反応である。

軽蔑しただろうか。たしかに初恋の相手を口説くにしても姑息で子供じみたやり方だ。真澄は両の手に握った拳を震わせ、いまにも激情が溢れそうなぎりぎりの顔をしている。見方によっては激怒していて、怒りの爆発を必死に抑えているふうにも見える。杏子は真澄がどう出るのか予想がつかず、はらはらしながら見守っていた。

けれど、彼女が内藤にぶつけたのは怒りではなかった。

「よかったぁ、犯人が隼ちゃんで」

言うなり、真澄が両手で顔を覆ってわっと泣き出した。

「真澄ちゃん……」

いきなり目の前で真澄が泣き出したので、内藤をはじめ、その場に居合わせたみんながあわてた。

「あたし……だれかわからない犯人に苦しめられて……ずっと毎日、怖くて嫌だった。

「……でも隼ちゃんでよかった……あたしがよく知ってる人で……」

真澄は嗚咽交じりに切々と訴えかける。

「あたし、わかったよ、なんでこんなことになったのか。……昔、隼ちゃんのこと『ミンチ内藤』っていじめたから。……そのバチが当たったんだ。ごめんね、隼ちゃん。……犯人が隼ちゃんでよかった……ほんとよかったよぉ……」

「真澄ちゃん……」

子供みたいにおいおいと泣くので放っておけなくて、杏子は真澄の肩を抱いてよしよしと慰めた。真澄は真澄で、遠い昔のことを彼女なりに心から反省しているようだ。

カウンター向こうにいた内藤も脇にあるスイングドアを押して厨房内に入ってくると、杏子の胸でぐずぐずと泣いている真澄に、ポケットから取り出したハンカチを差し出してきた。

「ほんとに、ごめん」

もう一度、頭を下げて詫びる。

「うん」

真澄がそれを受け取り、涙を拭いて鼻水もちゃんとかんだ。ずいぶん苦しんでいたはずだが、根に持たない性分のようで、内藤への怒りや蔑みなどはまったく感じられなかった。

そこで真澄の鞄からヴーヴーとスマホの振動音が伝わり、気づいた彼女があわててそれを取り出した。

「はい、もしもーし」

相手先の名を確認した真澄は、たった今までの涙が嘘みたいにカラっと明るい声で応じる。

「うん、ごめん、あたしまだ会社だよ。……えーっ、ほんと？　うん、行く行く。……わかった。じゃあ今すぐ降りてくから待ってて」

通話は短く終わった。

「彼氏やな？」

梢がずばりと訊いた。内藤に聞こえる声で堂々と。真澄にはたしかに、許嫁だという家格の釣り合った彼氏がいる。

「うん。下まで来てるんだって。約束してたの忘れてた」

あっけらかんと答えると、内藤のほうに向きなおった。

「ってことだから、今日はごめんね、隼ちゃん。また今度誘ってね。バイバイ」

無邪気にそう言うと、嬉しそうに手をふって厨房を出ていった。うさぎみたいに真っ赤な目のままだったが、すっかり元気を取り戻せたみたいだ。真澄にしてみたら、犯人さえはっきりすればそれですっきり解決なのである。

取り残された内藤は、彼女の後ろ姿を見送ったままぽかんとしている。

彼氏がいることは知らなかったのだろうか。辛い料理を真澄のために無理して食べていた内藤の気持ちを考えると少々気の毒ではあるが、嘘はよくないし、きっかけがどうであれ彼女を苦しめたのに変わりはない。ほどよい罰も下り、万事が解決してよかったと杏子は思った。

「迷惑かけて申し訳ありませんでした」

我に返った内藤が、いたたまれなくなって頭を下げ、残ったスタッフに向かって深く詫びた。

仕事がら頭を下げるのには慣れているものの、今日はなかなか堪えただろう。

「うん、まあいろいろ反省して。商談に関しては我々も全力で協力するし、うまくいくことを祈ってるから」

料理長がいささか同情気味に言って彼を許した。

渚が意見書をくしゃりと丸めると、一件落着とばかりにゴミ箱に捨てた。

韓国フェアの最終日、ホールの片付けを終えた杏子が食意見箱を見に行くと、こんな意見が入っていた。

『フェアの激辛ビビンバ丼うまかった。◎』


見覚えのある黒ペンの殴り書きだった。◎も勢いがあってワイルドだ。

意見書を控室のテーブルに置いてみんなに見せると、真澄がそれを手にしつつ言った。

「これってもしかしたら一回目のクレーマーが書いたんじゃない？」

「私もそう思う」

あの『激マズのビビンバなんとかしろ』という挑戦状みたいな乱暴な意見をよこした相手だ。

「やっぱり辛みが足りないのが気に入らなかったんだな」

渚が納得したようすでつぶやいた。

「そうだね。認めてもらえたみたいでよかった」

フェアのテーマを韓国料理にした甲斐があって、杏子は嬉しくなった。

「それにしても汚い字だなあ」

「ほんまに小学生の悪ガキみたいな字やな」

料理長と梢が意見書をのぞき込んで笑う。

「怒って殴り書きしたというより、ふだんからこういう荒々しい字を書く人が、気まぐれにリクエストをしただけだったのかもしれないわね」

みゆきも肩をすくめて苦笑した。

たしかにこちらが思うほど悪意はなかったのかもしれないと、杏子もほっとしたのだった。

第四話　思い出のナポリタン

スパゲティを食するとき、ときおり脳裏によみがえるあるひとつの映像がある。

日没前の浜辺の記憶。素足で踏みしめた砂の感覚。濡れた砂にうずめてできた自分の足跡。そのとなりに寄り添うようにできたもうひとつの足跡。だがそれは、だれの目にふれることもなく、押し寄せてきたさざ波にかき消された。

そんな若かりし頃の思い出を頭から締め出し、伊佐治は目の前のミートソースを口にした。昼の休憩時間は限られているので、感傷に浸ってのんびり食べてはいられない。

「スパゲティというと最近はアサリが入ったり、きのこが入ったりと洒落たやつばかりだね。あとはこのミートソースか」

「いや、これはミートソースじゃなくてボロネーゼっていうんですよ」

と向かいでカレーライスを食べていた四十代の後輩が教えてくれる。

「あ、そうなのかい。僕には具をケチったミートソースに思えたよ。どうりで味に違和感があるわけだな」

伊佐治はいったん箸を置いて、グラスに注いだミネラルウォーターを飲んだ。

現在の社員食堂は、定年間近の自分にはなんとなく居心地が悪い。四年前、新装オープンした日にはじめて食堂を訪れ、この四人掛けのテーブルの椅子に腰を下ろしたとき、おのれが場違いな気がして落ち着かず、我が社の取り扱っている香辛料を使用したというチキンカレーを食べ終えてもなお借りてきた猫のようだったのを覚えている。

今もどことなくその感覚をひきずっている。社長に引き抜かれてやってきたというベテランシェフの味に文句はないのだが、若い娘たちが好みそうな小洒落たメニューや盛りつけにはどうも馴染みきれない。昔の社食では質より量を重視した男向け料理が満載で、毎日、大盛りの丼や焼肉定食を勢いよくかっ込んだものだ。

もちろん今の社食に不満があるわけではない。若者であふれる社食は活気に満ちていて、藤丸物産の隆盛を象徴しているかのようだ。そこに心から馴染み切れないのは、もはや自分が第一線から退いた戦力外であるせいなのか。うまく言葉にはできないが、自分の居場所だと感じるのは、やはりあの昭和臭い社員食堂なのだ。

伊佐治は退職を間近に控えた五十九歳である。三年前、役職定年により部長職を離れたものの、離任前とおなじシステム部で専門スタッフ職の主幹として籍をおかせてもらえることになった。もとより現場では部下の腕を信用して放任主義であり、口出しの多いタイプではなかったので、元部下が上司となっても妙な軋轢も生じず、部署内で厄介者扱いされることもなく円満にやってこられた。給与は二割ほど減額となったものの、降格に対して文句はない。

世間では役職定年後は、これまでのキャリアと畑違いの部署に飛ばされ、退職勧奨としか思えぬ処遇を嘆く者も多いと聞くが、自分は恵まれていたのだろう。

後任者に、自分が前任者から引き継いだ当初に味わったような苦労をさせたくないので、ここ一ヶ月は、引継ぎの資料がわかりづらくはないか、内容に洩れがないかなどと日々、入念にチェックしてきた。だが、本社から東北支社勤務へ転勤になり、それからまた本社勤務に舞い戻り、トラブルやメンテナンス対応に追われて過ごした長い会社員生活ももう終わりだ。退職まで、あとわずか一週間。

あとは——。

ナポリタンが食いたいな。

やり残したことがあるとすればそれだった。昔、社員食堂でよく食べたあの懐かしい味を、もう一度、堪能してから社を後にしたい。

＊

「見てください、これ」

昼下がりのミーティングがはじまると、杏子はその日、食堂意見箱に入っていた意見書をみなに見せた。黒字の達筆で書かれていた内容はこうだ。

『昔の社食にあったナポリタンが食べたいです。情報システム部 伊佐治』

「情報システム部の伊佐治さんですって。名前を名乗る社員ってめずらしいですね」

みゆきが右端に書かれた名を見て言った。たしかにめずらしい。杏子(きょうこ)もはじめて見た。

「ああ、伊佐治さんか」

めずらしくミーティングに顔を出した田貫(たぬき)部長が、意見書を手にしながら言った。今回は予算に関して料理長とみゆきに話があったらしい。

「ご存じですか？　そういえば総務とシステムはおなじフロアですもんね」とみゆき。

「この人はシステム部の元部長さんだよ。役職定年で降格したが。たしかそろそろ定年なんじゃないかね」

「役職定年ってなんですか？」

なんとなく字面から想像はついたが、杏子は訊ねた。

「定年が迫った管理職を役職から外す残酷な制度だよ。降格して元部下の下につくか、ほかの部署に異動させられるのだ。うちだと五十五歳がヤマで、だいたい五十七歳でみんなお払い箱になるね。僕もそろそろなんでビクついてるんだが、幸いうちの会社はおなじ部署に留まるケースが多いからね、畑違いの部署にぶっ飛ばされて窓際で小さくなるなんてことはないと信じたいよ」

「ナポリタンか。そういえば私が来てからは出していないかな」

料理長が自身でも意外そうにつぶやいた。

「そうでしたっけ？　何度かタバスコ投入して食べたような」

梢が言うと、

「それたぶんまかない向けのやつな」

渚がその隣で答えた。残った野菜屑と麺で簡単に作れるので、しばしば登場している。

料理長が言った。

「私がここを引き継ぐとき、当時のメニューにはひととおり目を通したはずなんだが、ナポリタンはなかった気がするな。田貫さん、食べた記憶あります？」

「うーむ、ナポリタンはあったよ。一時は人気だった記憶だ。しかしたしかに井口君が来るよりももっとずっと前のことだよ。ヘタしたら十五年近く前の話なんじゃないのかね」

「十五年っ？」

真澄が頓狂な声を出した。杏子も驚きつつ言った。

「ここがビルとともに新装されたのが四年前だから、そこからさらに十年前か……、かなり古い味ということになりますね」

「定年間近で、最後に懐かしのナポリタンを食べて終わりたいってところでしょうか」

と渚。

「やはり昔の味が恋しいという社員もいるんだねえ」

リクエストを謙虚に受け止めて料理長が言う。

「わざわざ名乗ってリクエストしてくるんだから、よほど食べたいのよね」

みゆきが言うので、杏子も「そうですよね」と深く頷いた。なにかこの料理に特別な思い入れがあるのかもしれない。

「ちなみに、昔の社食のナポリタンってどんな味だったんですか、田貫部長？」

杏子が部長にたずねる。

「うーむ……」と、田貫部長は当時の味を思い出そうと目を閉じたものの、

「美味だったことしか覚えとらん」ときっぱり。

「だから、そこんとこ詳しくや、部長」

梢が突っ込むが、なにせ十年以上も前の料理の味だ。なんとなく食べていた田貫部長に具体的に説明させるのは難しいかもしれない。

「思い切ってご本人に訊いてみましょうか。私、システム部に訊きにいってきますよ」

杏子は興味をおぼえて提案してみた。リクエストするくらいだから味はよく覚えているのだろうし、本人の要望も聞ける。

「それがいいかもね。いいのができたら懐かしのメニューとして今後、定番化させてもいいし」

料理長が賛同すると、みゆきも「そうね」と頷いて承諾（しょうだく）してくれた。

「ちなみに伊佐治さんはどんな方なんですか？」

杏子は田貫部長にたずねた。

「温厚でいい方だよ。システムの社員には、部長時代から頼りにされていたように見受けられるな。今もだがね」

たしかにきちんと名乗って、自分の発言に責任を持っているところにも人の好さがあら

われている。

「では、さっそく今日の夕方にでも会いに行ってきますね」

なぜ食べたいのか、理由を知りたかった。


田貫部長が言った通り、伊佐治は白髪交じりの下がり眉に、にこやかな細い目をした温厚そうな印象の社員だった。小柄な男性が多い世代のわりに細身で背も高い。

杏子がシステム部に訪ねていくと、伊佐治は打ち合わせ用のブース席に案内してくれた。

「ご意見を拝見しました。昔の社食のナポリタンをご希望とのことで」

椅子に座った杏子は、メモの用意をしながらきりだした。

「そうなんだ。実は僕は、もうじき退職の予定でね。あと会社でやり残したことがなにかと考えていたら、昔、社食でよく食べたナポリタンが急に恋しくなったんだ。個人的なリクエストで恐縮なんだが、最後の食いおさめとして、退職の日に食べられたらなと思って」

やはり、退職前に思い出の料理を味わいたいようだ。

「退職は今月中ですか？」

藤丸物産の定年退職日は満六十歳の誕生日前日である。

「そうだ。来週の水曜だね」

　ちょうど一週間後だ。

「今の社食はカレーやオムライスは見かけるけど、ナポリタンはなかったよね？」

「そうですね。新装後は、まだ一度も提供できていないので、受けがよければ、これを機に定番メニューとして出していこうと考えています」

「ナポリタンは新装するだいぶ前からなかったんだ。いつのまにか食堂から消えたんだよね。気づいたらミートソースとカルボナーラに変わってしまっていて。古臭(ふるくさ)いメニューだと判断されたのかもしれないね」

「ああ、たしかに昭和時代の洋食屋っぽいレトロな感じですよね。オムライスはちゃんとイマドキ感ありますけど、ビフテキとかハヤシライスなんかも、どうも……」

「どれもおいしい料理なんだがねえ。ネーミングの問題なのかな」

「そうかもしれないです。伊佐治さんは、社食にはよく来られるんですか？」

「もとは常連だったよ。ただ、新しくなってからはどうもあの洒落(しゃれ)た雰囲気(ふんいき)に慣れなくて、しばらくは近所のレストランやうどん屋に通って好きなもんを食っていたんだ。ところが役職定年で年収が二割ほど下がってね。それに伴(ともな)って女房から小遣いも半分に減らされてしまったから、やはり切り詰めようと思って社食に戻ってきたというわけさ」

伊佐治は少し照れたようにうちあけた。愚痴めいて聞こえるが、決して財布のヒモを締めた妻に不満があるふうではなかった。

「社食ならお値段もお手頃ですもんね」

「昔の食堂もよかったんだよ。いくつかの定番料理が適当に日替わりで出されていただけでね、今みたいに凝った料理もなかったし洒落てもいなかった。でも空腹で限界の我々にはそれで十分だったね。味は悪くなかったし。……もちろん、今の社食が悪いというんじゃないんだ。単に僕自身が不釣り合いな感じがして、肩身が狭くてねえ」

伊佐治は頭頂部を撫でながら苦笑する。おなじ世代のおじさま社員と比べても、伊佐治はたたずまいがきちんとしていて、むしろ今の社食にはよく馴染みそうだが。

「昔の社食のナポリタン、どんな味だったんですか？」

「うむ、昔懐かしいケチャップの味だね。今も懐かしのナポリタンと銘打ってそれを出してる喫茶店や洋食屋はあるんだが、どこで食べてみても、どうもあの社食のナポリタンとは微妙に違うんだよねえ」

「なにか特別な具材が入っていたとかでしょうか？」

「具材か……。ああ、マッシュルームが入っていたのは覚えているよ」

ナポリタンの具材としては王道である。

「ほかに入っていたのは玉ねぎ、ピーマン、ソーセージあたりですかね……？」

「うむ、そんなところだったと思うね。とにかく、なにかこう、どの店とも違って濃厚で、深い味わいだったんだ」

当時の味を偲んで、しみじみと頷きながら言う。

杏子は具材をメモした横に「濃厚」と書き足した。

「濃厚というのは、単純にケチャップの味が濃いとかではなかったんですよね？　たぶん、作り手しか知らない隠し味が効いてるみたいな感じで……」

「そうだねえ、麺はもっちりとしていて、そのひとすじひとすじにしっかりとケチャップの旨味が絡んでいてね、僕は料理をしないからわからないが、女房ではとうてい出せない味だったね。何度か作ってもらったけどだめだった。どのようにあの味を出していたのかはわからないんだが、とにかく濃厚でおいしくて、何度も励まされたね」

「ナポリタンに？」

「ああ。美味いものを食べると元気が出るからね。あれ食べて、やっぱ頑張ろうって思い直すことが多かったんだよ」

伊佐治は当時を思い出して目を細める。十数年以上経っても忘れられない深い味わいとは、どんなだったのだろう。田貫部長も一時期、人気料理だったと言っていた。想像したら杏子も食べてみたくなってきた。

「わかりました。料理長に伝えて、なんとか作ってもらおうと思います」

杏子は伊佐治の言葉をメモし終えてから告げた。

「うん、まあできる範囲でかまわないが、楽しみにしているよ」

伊佐治は期待を込めた目をしてゆったりとほほえんだ。

席を立ち、ふたりしてブースを出るときに、杏子は声量をやや抑えてきりだした。

「そういえば伊佐治さん」

せっかく他部署の人と関わることができたのだし、おまけに伊佐治は優しげで話しやすい。チャンスは最大限に利用せねばならぬということで、思いきって訊ねてみた。

「システム部の男性で、苗字に藤のつく方っていませんか？」

「藤の字？」

「そうです。ちょっと人探しをしていて。二〇代から三〇代半ばくらいで、伊藤さんとか加藤さんみたいに藤のつく方……」

いきなり問われ、伊佐治ははじめ不思議そうな顔をしていたが、

「若いのだとふたりいるよ。藤尾君と進藤君だ」

「ほんとうですか？」

「ああ、顔を見ていくかね？」

年齢の条件から察したのか、少しおかしそうに笑って問われる。杏子は迷わず「はい」と返事をした。

ふたりはシステム部の人々を見渡せる場所に移動した。伊佐治がパーティションの端からシステム部を見渡し、藤尾と進藤を目で探しながら言った。

「ちなみに藤尾君は既婚だよ」

「えっ、既婚……」

「そう。結婚は昨年だったかな。子供も生まれたよ」

「そうなんですか」

藤の君、子持ち説が浮上した。それはあまりうれしくない。もしも藤尾氏があの日の藤の君であったなら早々に忘れなければならない。不倫を経験した友人をすでにふたりほど知っているが、個人的にあれほど不毛な恋はないと考えている。だれかを不幸にしてしまうような関係は築くべきではないし、妻子を裏切っている時点でその男に魅力はないのである。

見つけ出した藤尾と進藤を教えてくれたあと、

「どうだね、探していた人物だったかい？」

伊佐治がやや興味深げに訊いてきた。

「うーん……」

結果から言うと、ふたりとも藤の君ではなさそうだった。

システム部といえば社内の人事管理、販売管理、在庫管理などの基幹システムの運用・保守で、ＩＴスキルに富んだ人が集まる部署だ。機械が苦手な文系女子をときめかせるハッキング上等の冴えたイケメン社員をひそかに期待していたのだが、ちょうどコピー機の前にいた進藤は眼鏡面で身長も低め。一日の業務の疲れを惜しみなく顔に滲ませたダルそうな男だった。既婚だという藤尾も、通勤電車でよく見かける無個性なサラリーマン風情で、モニターを見つめる顔はどんよりしていた。定時前とはいえ、まだ週はじめの月曜日だからこうなるのはわかるし、凡庸な自分を棚にあげておこがましいのだが、なんとなく、爽やかで洗練された藤の君の印象とはかけはなれていた。

伊佐治には丁寧にお礼を言ってから、杏子はシステム部を辞した。


「麺はもっちりとしていて、そのひとすじひとすじにしっかりとケチャップのうま味が絡んで濃厚。落ち込んでいたときはいつも元気をもらっていた思い出の料理、だそうです」

食堂フロアの控室に戻った杏子が、伊佐治の言葉をそのまま伝えたのだが、

「うーん、なるほど。ありがとう」

会議用テーブルで渚と料理の打ち合わせをしていたらしい料理長は、微妙に心もとなさげな顔つきで頷(うなず)いた。

「何度かナポリタンを食べられるお店に足を運んだみたいですけど、どの店でも味わえなかったそうです。とにかく濃厚な、をくりかえしておられました。……イメージ湧きます?」

「そんなに特徴的な味だったのかな。濃厚になるかどうかは別として、ナポリタンに手を加えるとなると、個人的にはケチャップに少しトマトペーストをプラスするとか、隠し味に赤ワインを仕込むくらいしか思いつかないんだが。渚は?」

「…………」

向かいの渚も少し考え込んでから、ぼそりと答えた。

「食べたことのない味を再現するのは難しいですね」

「うん。味覚は人によって違うし、おまけに十五年という時の隔(へだ)たりがある。伊佐治さん自身の中でも味が美化されている可能性があるしね」

まったくもってそのとおりだ。

「もう少し情報があればいいんですが……」

中途半端なものを出して幻滅させたくはないのだろう。料理人としては難題にぶつかったようで、ふたりとも黙り込んだ。

伊佐治はとても思い出深そうに、そして大事そうにナポリタンについて語っていた。なんとかして当時の味を再現して食べさせてあげたいのだが。

するとデスクワークをしていたみゆきがこちらに向かって言った。

「前任の栄養士と連絡をとってみましょうか？　なにかレシピの参考になるような情報が得られるかもしれないので」

前任者は長いこと藤丸物産の社食に勤めていた年配のベテランだったが、腰痛を患い、ビル新装を機に退職したのだという。引き継ぎ時に、なにかわからないことがあったときに備え、自宅の連絡先を伝えておいてくれたらしい。

「うん。お願いしようか」

料理長が頷き、さっそくその人に頼ってみることになった。

翌日、みゆきが早々に手がかりとおぼしき情報を摑んできた。

「前任者の話によると、改装前の社食ではパスタ料理といえばミートソースとカルボナーラしかなくて、ナポリタンをきちんと定番料理として提供していたのは今から三十年近くも前のことだそうよ」

「三十年前っ」

話を聞いていた杏子たちはそろって目をむいた。

「そう。メニューから外されたあとからも、ときどきリクエストが入って出されることはあったようだけどね。ナポリタンはいつもおなじ調理師が作っていて、その方がいなくなってからは完全に出なくなったみたい。で、その調理師さんと幸運にも連絡がついたの。今は木更津でお店をやっているんですって」

「木更津で？」

「ええ。真中忍さんという方で、お店の名前は〈七福〉」

みゆきが屋号と電話番号を走り書きしたメモをテーブルに示した。

「〈七福〉……、和風の料理店っぽいですね」

当然ながら知らない屋号だ。二十年もここで調理師を務めていたならベテランだろう。

「ふうん。では、その人に伝授してもらえば、まったくおなじ味が再現できるわけか」

料理長が言うと、

「そうなんです。前任の方が話をつけてくださって、よければ店で作ってみせてくれるそうで」

「ほんとうですか？」

ありがたい申し出に、杏子は目を輝かせる。

「しかし伊佐治さんの退職日は来週の水曜だから、今週末しかチャンスがないな。……あー申し訳ない。私は今週、かみさんの実家で法要だ。神戸だから土日、両日とも潰れてしまうんだよね」

料理長がやや困り顔で言った。

「私、会いにいって実演の動画撮ってきますよ。言い出したのは私ですし、ここまできたらなんとしてでも伊佐治さんに食べさせてあげたいし」

杏子が名乗りをあげると、みゆきが渚のほうを見た。

「渚君はどう？　お休みの日だけど行ける？」

「いいですよ。どうせ酒飲んで寝てるだけなんで」

渚が淡々と承諾したので杏子は驚いた。

「そうなの？　休日はてっきり高級食材とか使って凝った料理でも作ってるのかと思ってた」

「俺はなにか練習したいとき以外は基本的にやらないです。調理はあくまで仕事なんで。休みの日まで包丁握りたくないというか……」

「えー、意外ー」

真澄も目を丸くするので料理長が言った。

「料理人なんてみんなそんなもんだよ。休日はしっかり休みたいの」

「でも一人暮らしやと、炊事せざるをえないですよね？」

梢が問う。たしかに、サボってもなんとかなる掃除や洗濯と違って、一食も食べないわけにはいかない。

「そう。だから私はさっさと結婚したんだよ。渚も早いとこ、おいしいご飯作ってくれるかわいいお嫁さんを貰いなさい」

「そうですね」

渚が意外にも神妙に頷いた。よほど家での料理が面倒くさいらしい。

＊

土曜日の午後。

杏子は渚とふたりで、木更津にいる忍をたずねることになった。

先方にはみゆきを通じて話がついており、材料などを用意しておいてくれるという。

木更津への交通手段は鉄道と高速バスがあったが、渚が時間に遅れの出にくい鉄道がいいというので、ＪＲ総武線で千葉に向かうことにした。途中、ＪＲ内房線に乗り換え、木更津へは二時間足らずで到着する。忍の営業するお店〈七福〉で遅めの昼食をとったあと、客がいなくなってからナポリタンの作り方を教えてもらう予定だ。

目黒に住む渚とは、秋葉原駅で待ち合わせた。約束の時刻は午後一時。日暮里に住む杏子は十二時半過ぎに悠々と家を出ればよかった。

駅の改札口の近くで待っていると、人込みの中に渚の姿を見つけた。Ｔシャツに黒のパンツという、ごくありふれたいでたちなのだが、実はいいものを着ているのか、スタイルがいいせいなのか、妙に爽やかで垢抜けて見えた。そういえば人事部の花形に目をつけられていたし、厨房のみんなもやたら褒めていたっけ。

渚がこちらにやってくるのがわかったが、杏子はスマホに視線を落として気づかないふりをした。なんだかデートみたいで嫌だったのだ。だれも自分たちに注目するわけでもないし、なにが嫌なのかも釈然としないのだが、実はきのうの夜、服を選ぶときから落ち着かなかった。仕事とはいえ、ふたりきりというのがひっかかる。どう見てもカップルにしか見えない。その点について、渚はどう感じているのか。まさかなにも意識していないということはあるまい。杏子がひとつのこと考えているあいだに五つくらいのことを考えていそうな男なのだから。

でも案外、男女の距離感には無頓着な人かも――。

と、あれこれ埒もないことに思い巡らせながら、そわそわして待っていると、目の前まで来た渚が「おつかれさまです」といつもの調子で挨拶をしてきた。

「あっ、おつかれさま」

顔を見て挨拶を返すと、たちまち職場の距離感になった。

「行きましょうか」

渚は総武線の乗り場に向かって歩きだしながら言う。表情や立ち居振る舞いは厨房にいるときの彼そのもので、とくに変わりはなかった。

うん、こりゃなにも考えてないわ。

杏子はよけいなことを考えすぎた自分がバカみたいだと拍子抜けする一方で、なんとなくほっとしながら彼のあとを追ったのだった。

電車は定刻どおりに木更津駅に到着した。

駅舎はどこにでもありそうな無個性なたたずまいだった。週末にもかかわらず人はまばらだ。

「人が少ないね。東京からわずか一時間の街とは思えない」

杏子は閑散とした駅前のようすを見渡しながらつぶやいた。利用者のいないタクシーの運転手が、車内で暇そうにあくびをしている。

「意外と平日のほうが社会人や高校生の通勤通学で賑わっているかもしれません。まあ、朝と晩だけだろうけど」

「アウトレットや人気の会員制大型スーパーもあるし、海も近くて、アウトドアが好きな人にはよさそうな環境なのにね」

「人口は増加傾向にあるし、再開発も進んでいるみたいですよ。江戸時代には港街として栄えた場所なんで、いずれはまた……」

しかし駅前商店街はところどころシャッターが下りていて、やはりさびれた印象だった。

ふたりはスマホの地図を見ながら〈七福〉に向かって歩きはじめた。

〈七福〉は木更津駅の西口から徒歩十分あまりの場所にあって、あたりには居酒屋が点在していた。腕時計を見ると午後二時半を回っている。朝食を九時過ぎにとった杏子もそろそろ腹が鳴るころだ。おそらく昼のＬＯ（ラストオーダー）ぎりぎりの時間帯なので、とりあえず店に入ることにした。

　引き戸を引いて中に足を踏み入れると、

「いらっしゃーい」

　カウンターにいた年配の女性が明るい声で迎えてくれた。客がふたりなのを見て、「空いてる席どこでもどうぞー」と言った。女将（おかみ）か、それともパートのお手伝いさんだろうか。髪染めをしたお洒落（しゃれ）で明朗な印象の人だった。

　店内はカウンター席が六席、小上がり席には四人掛けのテーブルが三つ並んでいた。雰囲気（ふんいき）としては渚が修業していたお店〈食道楽（しょくどうらく）〉に似ているが、内装はわりと新しい。小上がり席のふたつはそれぞれ四人連れの家族で埋まっていた。ほかにカウンター席にも二組の客がいて、外の閑散（かんさん）とした街なみとはうらはらに、店内は繁盛（はんじょう）して賑（にぎ）わっていた。料理の腕がいいということなのだろう。

　店主の忍と話しやすいようカウンター席に座った。

　さきほどの女性店員がお水とお手拭きをもってきてくれた。

　カウンター奥の調理場では、男性が揚（あ）げ物をしている。あの人だろうか。

「藤丸物産の支倉（はせくら）といいます。店主の真中忍さんは……」

渚がお手拭きで手を拭きながら、なんとなく揚げ方の男性を一瞥してから問うと、

「ああ、電話で伺った方たちね。よく来てくださいました。私が真中忍よ」

女性店員――忍が親しげな笑みを浮かべて名乗った。杏子はてっきり男性をイメージしていたので、女性であったことに驚いた。渚もやや意外そうだ。

「奥にいるのは主人ね。ふたりでやってるの」

店内を軽く見まわした忍は、小声で続けた。

「もう少ししたらお客さんがはけると思うから、話はそれからね。おふたりとも、食事は？」

「食べていきます」

小さなメニュー表を手にしつつ、渚が答えた。杏子はメニューをざっと見てみたが、すぐには選べそうにないので、注文が決まり次第、伝えることにした。

壁メニューはモツ煮定食、海老天重、真鯵フライ定食、刺身盛り合わせ定食など。ほかに鯖の文化焼き定食九八〇円というのがあって目を引いた。

「文化焼きってなにかな？」

「文化干しのことじゃないかな。おろした鯖を、天日ではなく冷風乾燥機で乾燥させたものです。機械で干すところが文化的だと。もとはセロハンでくるんだ干物を指してたらし

いですけど」

「へえ」

「天日干しは焼くと身が縮みがちだけど、文化干しだとふっくらした食感が味わえます」

渚が教えてくれたあと、忍がやってきて続けた。

「うちのは銚子産で、冬の脂乗りの良い時期に水揚げされた大型の鯖だよ。そいつを三枚におろして、代々継ぎ足し続けてうまみ成分が凝縮した特製のつけ汁に漬け込んであるの。おいしいよ」

「脂の乗りが楽しめそうだな」

渚も言うので、食べたくなってきた。一人暮らしだと、魚料理はあまりしないので焼きたての魚が恋しい。杏子は鯖の文化焼き定食を頼み、渚は刺身盛り合わせ定食を頼んだ。

「今朝は九時過ぎに起きたの。朝ごはんも遅かったんだ」

料理を待つ間、杏子がなんとなく話しだした。

「俺もです」

「朝はなに食べてきた？　私はパンと牛乳とりんご」

「究極の手抜き料理、玉子かけご飯」

「あー私もたまに食べるよ。早くて安くておいしいやつね。……というか、渚君、ほんとるのだろう。

「木更津へは来たことある?」

杏子は話題を変えた。

「鋸山(のこぎりやま)に登るときに通過したくらいかな」

「渚君、山登りとかするの?」

「します。高校の連れと定期的に。山、好きなんだ。けっこういろいろ登ってますよ」

めずらしく、遠足の話をする子供みたいにうれしそうな顔で話すので驚いた。

「休みの日は酒飲んで寝てるんじゃなかったんだ」

「それは予定がない日の話です。でも連れが全員、社会人になってからはなかなか予定が合わなくなったな。一人欠けたり、仕事に追われて疲れてるやつがいて急遽(きゅうきょ)、居酒屋に変更とか。最近、そんなんが多いです」

渚はつまらなさそうに言ってお茶を飲む。

高校時代の部活の仲間五人で登山隊をやっているが、一人が地方に転勤になったのもあって、全員が揃って登山できるのは長期休暇のときくらいだという。

「社会人になると自由が減って嫌だよね。有休とかあってないようなものだし。休み取りたくても周りに遠慮してなかなか取れないし。私がいなくても厨房は回っていくと思うけど」

「俺は杏子さんがいないと困りますよ」

さらりと告げられ、どきっとした。が、

「それは酷使できる小間使いがいないと困るって意味？」

「まあ、そんなとこです」

「ひどーい」

渚がふっと笑って言うので杏子はむくれた。でも、冗談でも必要と言われれば悪い気はしない。

ほどなく渚が頼んだ刺身定食が運ばれてきた。突き出し二品にご飯と味噌汁がつくのはうちの社食とおなじだ。刺身の皿にはマグロとカツオとイカ、それに見慣れないべろんとしたものが並んでいた。貝類に見受けられるが。

「それなんのお刺身？　端っこが黒いやつ」

「生ホッキ」

「ホッキ貝ってお寿司のネタにあるよね。こんな色だっけ？」

回転寿司で見かけるものは、ほんのり紅色だった記憶だ。

「もとはこの色で、炙ったり湯引きするとあの色になるんです。甘みも増すと言われてるけど、俺は活きのいいやつなら色出ししないほうが磯の香りがして好きだな。食べてみます？　よく締まってて美味いですよ。酒が飲みたくなる」

「うーん、貝類は苦手だなぁ。牡蠣とかも生は無理なの。ホタテくらいしか食べられない」

「食わず嫌いは損ですよ。いらぬ先入観で選択肢を狭めて、せっかくのチャンスを潰してしまっている。もしかしたらおいしくていい思いができるかもしれないのに」

「マズかったら嫌な思いをするじゃない」

「ホッキ貝が苦手だとはっきりさせられてよかったと思えばいい」

渚は基本的にポジティブ思考の人である。

「貝類は栄養も豊富ですよ。このまえみたいに倒れないよう、ほら」

醬油皿をわざわざ杏子のほうにもってきてくれた。そういえばこのまえは迷惑をかけたのだった。

「じゃ、しょうがないから食べてみる」

お腹も空いていることなので箸を手に取り、ひと切れだけおそるおそる食してみた。

「ん？」

　食感は想像と少し違っていた。コリコリとまではいかずハマグリくらいの弾力で、味も意外と美味しい。嚙めば嚙むほど甘みが出てくるのだ。

「これならいけるかも」

　たしかに今まで食べなかった分、損をしてきたかもしれない。

「なら、次は寿司屋で握りに挑戦だな」

　渚が笑った。彼のおかげで食わず嫌いがひとつ克服できてしまった。

　そこでふたたび「おまたせ」と声がかかり、こんがりとおいしそうな焼き目のついた鯖の文化焼き定食が出された。長角皿に横たわった鯖は適度に脂が落とされ、中はふっくら、外はかりかりで、話に聞いていた通りにおいしかった。

　ふたりが料理を食べ終わるころにはほかの客もいなくなって、店内には真中夫妻と渚と杏子の四人だけになった。時計を見ると三時半を回るところだ。

　忍が、空になった杏子たちの食器を下げながら話しかけてきた。

「聞いてるよ。どなたかがナポリタンのリクエストをくれたから、作ってあげたいとか」

「そうなんです。社食のご常連だった方が、退職前にもう一度だけ昔の社食にあったナポリタンを食べたいって」

杏子が答えると、忍はおかしそうに笑った。

「なんでもない、ごくありふれた料理だったけど、覚えてた人がいるんだねえ」

「その方にとってはとてもおいしくて、思い出深かったようです。どのお店で食べても、あの味にはたどりつけなかったとおっしゃってました」

「へえ。嬉しいことを言ってもらえたもんだね」

「作り方、覚えていらっしゃいますか?」

杏子が問う。忍が社食でナポリタンを作っていたのは、もう何十年も前のことだ。

「覚えてるよ。何皿作ったと思ってるの。今も家族にはその味で食べさせてるしね」

忍が誇らしげに笑った。

「そうなんですね」

「お店では出されていないんですよね?」

「うちは和定食メインだからね」

「料理、おいしかったです。ここは藤丸物産を辞めてからはじめられたんですか?」

渚がお茶を飲みながら問う。

「ええ。父がやっていたお店を継いだの。数年前から主人も手伝ってくれるようになって」

奥で洗い物をしている夫は寡黙(かもく)でおとなしそうな人だが、明るい忍とはバランスのとれたよい夫婦に見えた。

「片付けも八割終わったし、さっそく作ってみましょうか。三人前ね。あなたたちはもうお腹いっぱいだろうから、一人分をふたりで分けて。あとはウチら夫婦のまかないにするわね。おふたりとも調理師なの？　ひとり、こっちに来られる？」

「彼女は調理補助です。俺がそっちに行きます」

渚が席をたった。杏子はカウンターに座ったまま、ふたりを見守ることにした。

忍は冷蔵庫から材料の入ったバットを持ち出してきた。きちんと支度(したく)してくれていたようだ。

「まずは材料の確認ね。スパゲティとピーマンと玉ねぎとマッシュルームとウインナー。あとニンニクも一片、調味料は塩とこしょうとケチャップ、バター、サラダ油が少々、あと仕上げに粉チーズね」

「とくに変わったものはないんですね」

材料を見た渚が言う。

「そうだね。味付けも簡単よ。本当に簡単。だれでもできるわよ。まずは麺(めん)を茹(ゆ)でておこう」

すでに小ぶりの寸胴鍋(ずんどうなべ)には湯が沸かしてあった。中に野菜の切れ端が入っている。

「麺はいつも野菜屑を入れて茹でてたの」

「ああ、うちの料理長もやりますよ」

「そうだっけ」と杏子。

「野菜のうまみがだしになるんで。うちは炒めるときにも使います」

「そうね。麺を入れるときに、煮詰まったソースに茹で汁を加えて伸ばすのね。それでとってもまろやかになるから。それと麺はあえて茹で置きしたものを使ってたわね。ひと晩寝かせる方もいるようだけど、個人的には味が衰えると感じるのでおすすめしない。そうそう、代わりに規定よりも二分くらい長めに茹でてたね。そのほうがソースもよく絡むから」

ナポリタンの麺はたしかに太めでやわらかい。

「茹でてる間に材料を切ろうか。具はだいたいこんな大きさだったかな。まあ普通よね。切ってみて」

具材をそれぞれ少しだけ切って見本を作った忍が、包丁を置いて横に退いた。

「お借りしていいですか？」

渚が包丁を手にしつつ、断りを入れる。

「どうぞ」

忍がニンニクの皮をむきながらほほえむ。

杏子にはただの料理包丁だが、料理人にとってはこだわりのある神聖な仕事道具だろう。料理長は内張りの豪華なアタッシュケースに、渚も巻き型の革製ケースに何種類もの特殊包丁を収納しているのを見かけたことがある。ものすごい高額なものかもしれないし、師匠から譲り受けた大切なものかもしれないから、他人の道具となれば気を遣うのにちがいない。

渚は、はじめは試すように注意深く刃先を動かす。自前のものとは柄の握り具合や刃の研ぎ具合が違うので、当然、使い勝手も異なってくる。しかし、じきに慣れて、さくさくと薄切りにし終えた。

ほかの具材も、忍が作った見本通りに次々に切られてゆく。あいかわらず無駄のない美しい所作で、刃先の動きに見惚れてしまう。切られた具材も、切られるのを待つ具材も、まな板の上にあるものすべて、彼が生み出すその間さえもがきれいなのだ。男らしく整った渚の手の形のおかげもあるのかもしれないと杏子は思う。片づけを終えたらしい忍の夫もいつのまにかこちらに来ていて、渚の手元を眺めていた。

ひととおりすべて切り終えたところで忍が言った。

「きれいな包丁捌きねえ。他人のものでも迷いがない。野菜たちのほうが切られたがっているみたいじゃない。見たところ、ただのバイト君じゃないな。どこかできちんと修業したね？」

「包丁のおかげです。切れ味いいですね。気持ちいい」

　渚は刃先に見入って感心している。

「私も気に入ってるよ。先月、かっぱ橋道具街で買ったの。包丁ひとつで料理の味も変わるからねえ」

　よく切れる包丁は、素材の繊維や細胞を傷つけないので旨味も逃さないのだという。

　夫はにこにこしながら会話を聞いていたが、休憩するために厨房を出ていった。

「さて、お次はソースだね。まずは具材を炒めて」

　忍は熱したフライパンにサラダ油をなじませ、渚に玉ねぎやピーマンなどの具材を炒めさせた。具材がしんなりしてきたところで、横から忍がケチャップとオイスターソースを投入。

「厨房なら火力が強いから、具材もソースも同時に炒めちゃう。ああ、そうそう、ここでオイスターソースも入れる」

　忍が思い出したように足元の調味料の棚からオイスターソースを取り出し、適当に加えた。

「なるほど。隠し味はオイスターソースだったんですね」

「そう。ウスターソースでもいいけど、あれよりももっと甘みとコクが出るわね。いかにも手の込んだ味わいに感じるけど、実はこれで簡単に複雑味を与えていただけなんだ」

忍は笑った。ソースが出来上がると、一旦、火を止めた。ほどなく麺が茹であがったので、それをザルに上げてシンクのほうにもっていった。

「茹でた麺は一度水で引き締めてね」

「パスタも水にさらすんですか?」

杏子はザルにあげた麺をザーッと水にさらしているので驚いた。うどんとそうめん以外はやったことがない。

「そうなの。水気をしっかり切ったら、適当にサラダ油をまぶして寝かせる。仕込みの時間帯に茹でて、ぎりぎりまで冷蔵庫に入れておくといいわ」

そうすることであのナポリタン特有の食感になるのだという。

忍は水切りした麺をコンロのほうにもっていき、サラダ油を熱したフライパンにざっと流し込んだ。

「今日はそのまま調理ね。茹でた麺を炒めていこう。手間だけど、麺とソースは分けて加熱するのがコツなんだ。ここで麺の表面の水分を飛ばしてもっちり感を出していく。うっすら焦げ目がつくまで焼いてね」

「焼いて香ばしさを足すんですね」と渚。

「そう。こうすると麺の外側が硬くて、中が柔らかい状態になるのね」

「アルデンテの逆か」

「そうだね。おいしいお米なんかもそうでしょ？　みんなが好きな食感なのね」

炒めているうちに麺がほぐれて、徐々に香ばしい香りがしはじめる。これらのひと手間が伊佐治の言っていた濃厚な味わいに繋がるのだろう。

「麺が炒められたらソースのほうに移して、茹で汁を加えて全体を絡める。ここで塩こしょうやケチャップで味を調整してね。わかっていると思うけど、オイスターソースは入れすぎると味がきつく出るからあくまで隠し味程度ね。こんな感じ」

忍は自分で味をたしかめたあと、渚に味を見させた。

具材をつまんで味見した渚は「ああ、うまい」と納得して頷いた。

「火加減は強火のままでいいんですね」

「そうね、一気にぱぱっとやってしまうからね。回転釜で作るとちょっと仕上がりも変わってくると思うけどそのへんは勘で調整して。最後にバターを絡めて……、はい、できあがり。お好みで粉チーズとかペッパーソースをちょっとかけてもらってね」

ぐるりとフライパンの中で麺を躍らせ、用意してあった三つの皿に手際（てぎわ）よく盛りつけた。

トマトケチャップの香味が漂う、あつあつのナポリタンが出来上がった。

「おいしそう」

杏子は思わず感嘆（かんたん）の声をあげてしまった。定食を食べて間もないのについ食べたくなってしまう。

「味見してみて」

忍が杏子と渚、それぞれにナポリタンの皿を差し出してくれた。

「いただきます。濃厚といっても牛乳や生クリームは使わなかったんですね」

カウンター席に戻ってきた渚が、箸（はし）を手にしながら言う。

「そう。仕上げのバターだけね。濃いんだけど、しつこさのないナポリタンでしょう？」

忍も自分の分を立ち食いしながら問い返す。

「香ばしくておいしい。たしかにコクがありますね」

杏子もふた口ほどしっかりと味わってから言う。トマトケチャップのほどよい酸味とオイスターソースの隠し味の旨味と甘みが、もっちりとしていながらもハリのある太麺に絡み、ピーマンの苦みや玉ねぎの甘味もいいアクセントになって飽きがこない味わいだ。お腹がふくれている状態で食べても十分においしかった。伊佐治がくり返していた濃厚さは、このコクと麺の焦げの調和によるものだったのだろう。

「これを食べたがったのって、どんな方だった？」

　忍が杏子たちに水のおかわりを差し出しながらたずねてきた。

「システム部の元部長で、伊佐治さんという方です」

　杏子が答えると、忍は当たりくじをひいたときみたいに目をみひらいた。

「やっぱり伊佐治君なんだ……」

「覚えていらっしゃるんですか？」

「ええ。とってもよく覚えてるよ。もしかしたらそうじゃないかと思ってたんだ」

　忍はグラスの水を飲み干して、一息ついてから続けた。

「当時から、社食には意見箱があってね、伊佐治君、よくリクエストくれたの。あれが食べたい、これが食べたいって。リクエストを書くのは匿名の社員ばかりなのに、伊佐治君はご丁寧にちゃんと名乗るのね。カウンターでもきちんとお礼を言う人だったから、いつのまにか顔見知りになって、お互いのことを話すようになってねえ。花見とか港の花火大会とかに一緒に出掛けたりしたの。このお店にも一度来たことがあるんだよ」

「えっ、ほんとうですか？」

　ふたりして目を丸くした。

「もしかして恋人同士だったんですか?」

「ふふ。二十代のころだから、今からン十年も前の話だけどね」

杏子の問いに、忍は照れくさそうに笑いながら頷いた。

「あの日は、富津岬まで出掛けてねえ。砂浜で足跡をつけて遊んでいたときに、急に伊佐治君がずんだ餅をどう思うかと訊いてきたの」

「ずんだ餅ですか?」

「ええ。仙台の名物ね。いきなり何かと思うでしょう? 好みがわかれる銘菓だけど、私は甘いから苦手かもと答えた。そしたらなぜかそれきり黙り込んじゃって。そのときは出張のお土産でも買ってきてくれるつもりだったのかな、くらいにしか思ってなかったんだけど、それからひと月ほど経って、伊佐治君が東北支社に転勤になったことを聞かされたわ」

もうこれきり、会えないかもしれない。本社勤務に戻れるのはいつになるかわからないから。そう言って、異動の前に別れの挨拶をしに社食にやって来たのだという。

「じゃあ、ずんだ餅が好きかと訊かれたのは――」

「そう。転勤をほのめかしていたのね。それで、もしかしてプロポーズするつもりだったのかもしれないってわかったんだ。私、バカだからちっとも気づかなくって」

鈍かったことを悔やむように忍が苦笑する。

「もしされてたら、結婚していましたか？」

渚が問うと、「そうねえ……」と彼女は少し考えてから、

「何度も考えたけど、どのみち無理だったね。私はいずれこの店を継がなくちゃならない身だったから、いつ東京に戻ってこられるかわからない彼にはついていく決心がつかなかったと思う。きっと、それを彼もわかっていたのよね」

だからこそ、遠回しにほのめかすのにとどめたのだ。忍を悩ませ、追いつめることになるとわかりきっていたから。ただ、それでもあきらめきれない気持ちが、中途半端な問いかけになって、あの日、浜辺で忍に投げられたのではないか、と。

「伊佐治さん、優しい方ですね」

杏子は伊佐治と会社で話したときのことを思い出した。あのとき、凪いだ海みたいに穏やかな人だったと感じたものだ。ところが、

「わからないよ。はっきりプロポーズしなかったのは彼の優しさだけど、押しの弱さであったのかもしれない」

忍が意外にも冷静に言う。

「弱さ……？」

「そう。受け入れてもらえる自信がなかったから、押し切れなかった。もしくは、それほどの情熱でもなかったとか……。彼じゃないから、本心はわからないんだよね。もし私なら、本気だったらどんな状況でも全力でいくからさ」

忍のまなざしが、もどかしげに曇る。

「転勤を知ったあと、気づけなかったことをすごく後悔したし、追いかけていこうと思ったりもしたのよ。でもそんなときに限って、父が大きな病気したりしてねえ。このお店も守っていきたかったから、身動きとれなかった」

やるせなさそうに忍はつぶやいた。

父はほどなく復帰したが、自分がいつ店を継ぐことになるかわからない状況にあるのを思い知り、考えをあらためたという。

それから八年ほどが過ぎて、ふたたび伊佐治が本社勤務に戻った。けれどそのころはもう、お互いに結婚していて、社食で顔を合わせれば挨拶を交わす程度のみの間柄になっていたそうだ。

「当時の社食でもナポリタンはもう古いってことで、ミートソースとカルボナーラに切り替えていたんだけど、ときどき忘れたころに意見箱にリクエストが入ってね。いつも伊佐治君なのよ。転勤中もときどき本社に出向いてくることがあって、そのときも必ずリクエストをくれてたね。思えば伊佐治君、私が四十になって社食を辞めるまでの二十年間、ずっとナポリタンを食べてくれてたのねえ」

「それだけ好きだったんだと思います、忍さんのナポリタン。食べると元気が出るって言ってたし」

杏子が告げると、忍は遠い昔の感傷を思い出したのか、少しせつなげな目をしてはにかみ、「そっか」と頷いた。


ナポリタンを食べ終えたあと、忍がゆっくりしていくよう勧めてくれたので、しばらく彼女も交えて料理談義に花を咲かせていたが、そろそろお暇しないと彼女の休憩時間がなくなってしまうのに気づいて、ふたりは店を辞することにした。

「今日はありがとうございました」

「ごちそうさまでした」

渚に続いて杏子も頭を下げて感謝を述べ、席をたった。お腹がいっぱいだった。

「いいえ、こちらこそ、わざわざ来てくれてありがとう。懐かしい話まで聞いてもらって」

忍はカウンターの向こうでほほえみ、料理代を支払おうとする渚に気づいて「お代はいいから」と言ってそれを制した。夜の営業に向けての仕込みをはじめていた夫もかぶりを振って、いいよと短く告げた。

「これ、伊佐治君に渡しておいて。いつでも食べに来てねって」

忍がレジ横に置いてある〈七福〉のショップカードを杏子に渡してきた。

「よかったらナポリタンも作ってあげるからと、よろしく伝えてね」

おそらく伊佐治に向けたつもりの、あたたかな笑みを浮かべて言い添える。

「わかりました」

杏子は受け取ったショップカードを大切に財布にしまった。渚はナポリタンの味をうまく再現するだろうけれど、万が一、伊佐治を満足させられなくとも、ここに来れば確実に彼は思い出のナポリタンを味わうことができる。


杏子と渚は、忍に見送られて〈七福〉を出た。店の外は暑かったが、陽はすでにかなり傾いていた。帰りは、ちょうどタイミングがよかったので特急列車・新宿さざなみ号で帰ることにした。土日祝だけ運行している臨時車両だ。

自由席は満席だったが、一つとなりの五井駅で運よくふたりとも座れた。

クロスシートに並んで座ると、夕暮れ時の疲れもあいまって、どこか遠方に旅行に行ってきたかのような錯覚(さっかく)をおぼえた。ナポリタンの作り方は会得(えとく)できたし、おいしい鯖の文化焼き定食を食べられたし、おまけに伊佐治さんの恋話も聞けてなかなか充実していた。

〈七福〉での会話を思い返しながら、杏子はふと口にした。

「伊佐治さん、忍さんとは結ばれなかったのに、なんでいつまでもナポリタンにこだわってるんだろ。ふつう、忘れたくなるもんじゃないのかな。こないだの紗由(さゆ)さんの照り焼きチキン定食みたいに」

隣でスマホの画面を見ていた渚が顔をあげた。

「伊佐治さんにとっては、いい恋だったからじゃないですか?」

「なるほど……」

言われて杏子は納得した。忍との思い出がいいものだからこそ、彼女の作ったナポリタンが、いつまでも恋しい料理なのかもしれない。

そこでスマホに視線を戻した渚が突然、軽く噴き出した。

「どうしたの?」

杏子が気になって問うと、

「いま写真の整理してたんだけど……、これ覚えてますか」

渚がそう言って、スマホの中の一枚の写真を見せてきた。画面に映っているのは。手首に黒ペンでぷーっと顔を膨らませたフグの落書きだ。

「あ、覚えてるよ。私が落書きしたやつ」

真澄が控室の長椅子で居眠りしている渚にいたずらしてやろうというので、杏子がささっと手首に描いたのだ。日頃の酷使ぶりに対する不満を、唇を尖らせて膨らんだフグの表情に込めて。でもフグは怒っているわけではない。

「証拠写真まで残しちゃって、もしかして根に持ってるの？」

「いや、気に入ったから風呂に入る前に撮ったんだ。俺も美術の成績は悪くなかったけど、こういう絵はまったく描けなかったな」

渚が写真の絵を見ながら言う。

「美術、得意だったの？」

「たいてい5か4だった」

「ええっ。さらっと自慢しないでよぅ」

そこは凡人である杏子の唯一の強みだったのに。

考えてみたら、料理人には手先の器用さや盛り付けのセンスが必要だ。腕利きの人には美的感覚が備わっていて当然かもしれない。

「俺は美術のなかでも造形のほうが得意でした」

「彫刻とか模型作りみたいなの？」

「うん。絵に関して課題のもの以外はまったく描いてないし、興味もなかったです。スケッチは上手かったけど、デザインは苦手だったな。見たものをそのまま描く。ただそれだけ。スケッチ画でもあったかい印象の絵の人はいるけど、俺のはいつも冷たかった」

「冷たい？」

「そう。美術の先生に指摘されて気づいたんですけど、モノクロの写真みたいというか、精度はあっても温度が感じられない。色を入れても寒色系が多かった。杏子さんとは正反対だ」

「わたしは暖色系？」

「色相の問題だけじゃないです。杏子さんのは一枚の絵の中に物語があるっていうか、描かれたものがみんな生きている感じがするんだ。この落書きもそうだし、人や動物じゃないものでも、たとえば料理の絵でも、いつも見る人に向かって笑いかけているみたいな温かい表情がある。愛嬌っていうのかな」

　みゆきにも似たようなことを言われた。

「だからこのフグを見たときも、不細工なんだけど笑えてしまって元気が出ました」

渚がスマホの画面に視線を落として少し笑う。

「不細工って」

冗談だとわかっているので、杏子も渚につられて笑った。

あのとき、渚はなにか落ち込んでいたのだろうか。今は元気そうなので聞くまでもないと思うが。

「俺は好きですよ、杏子さんの絵。多くの人がそう感じると思います。こういうあったかい絵を描ける人は、きっとあったかい家庭で育ったんだろうなといつも羨ましく思います」

つまり、自分は家庭環境には恵まれなかったと言っているようなものだった。冷たい絵を描く人がみな複雑な家庭で育ったわけではないはずだが、渚自身は原因をそこに見出しているらしかった。

「うちはふつうの家庭だよ。ほんとにふつう。平凡な両親とうるさい妹がふたり。あと世話焼きのおばあちゃんと趣味に生きてるおじいちゃん」

田舎によくある大所帯だ。

「いいじゃないですか、にぎやかで。家族がたくさんいるのはいいことですよ」

なぜか安堵したようにほほえみ、視線をスマホに戻す。

渚の家族は母親だけだ。もしかしたら家族に恵まれた杏子には想像しえない、つらく寂しい思いをしてきたのかもしれない。ふとそう思った。

それから話が途切れて、しばらく電車に揺られていると、急に眠気がやってきた。朝が早かったわけでもないけれど一週間の疲れが溜まっているらしい。

「寝てもいい？」

すでにうとうとしながら杏子は問う。仕事で来ているのに、自分だけ寝たら申し訳ない気がした。

「いいですよ」

隣でスマホの画面を見ていた渚がこちらを一瞥してから言った。その声はいつになく優しく、日頃、厨房で自分をこき使っている渚とは思えなかった。

記憶は電車の揺れとともに徐々に途切れ、眠りに落ちた。


それからどのくらい寝ただろう。夢はとくに見なかった。いつのまにか渚の肩によりかかっていたが、目が覚めてもそこがどこかわからず、電車に乗っていたことさえも思い出せずに寝ぼけ眼でいると、大きな手でさらりと頭をひと撫でされて、杏子ははっと首を起こした。

「いつまで寝てんの」

隣に座っていた渚が、笑いながら顔をのぞきこんできた。

いま、渚に頭を撫でられた。

「もう秋葉原ですよ」

渚はそれきり、すぐにその手を離したけれど、ふれられた感覚がはっきりと残っていた。似ている。あのエレベーターでぶつかった相手の、人懐っこい手つきと。

でも目の前にいるのは渚なのだが。

あれからもう半年あまりが過ぎだ。ずいぶん時間がたっているから、きっと感覚がごっちゃになってしまっているのだろう。渚なのに、うっかり藤の君をかさねてしまって無駄に胸がさざめいた。

電車がさらに減速してきたので、杏子は降車のために席を立った。新宿経由で帰るという渚とは車内で別れた。

駅のホームで彼をふり返ろうかどうか迷った。よく窓越しに名残(なごり)惜しげに手をふりあっているふたりを見かけるが、あれは恋人同士がすることなのでためらわれるし、別に名残惜しいわけでもないし、かといって知らん顔でさっさと去っていくのもなにやらそっけない。

渚はもうこっちなんか見ていなさそうだ。でも発車の合図とともに電車が滑り出すと、やはりもう一度、目で挨拶くらいすべきだと思い直して、杏子はあわてて車両をふり返った。

見ると、ちょうど彼がお腹の大きな女性に席を譲っているところだった。渚君、いいやつだなと感心しながら見守っていると、そのあと、もう少しでお互いが見えなくなるというところで彼がふとこちらを見た。

杏子は思わず「また明日ね」と軽く手をふってしまった。ほとんど反射みたいなものだった。すると、彼が窓越しに手をひろげて見せてほほえんだのがわかった。ほんの一瞬のことだ。車両はじきに流れて視界から失せていった。

手をふって別れたことなどはじめてで、妙にくすぐったい感じがしておかしかった。

＊

伊佐治が退職の日、特別に二十食限定の日替わりメニューとして件のナポリタンが提供された。

濃厚なケチャップソースの絡んだ懐かしの太麺が、彼のリクエスト通り、お皿にどんと惜しみなく盛られている。

杏子はカウンターで伊佐治に料理を渡す際に〈七福〉のショップカードを添えた。

「忍さん直伝です」

にっこりと笑って告げると、伊佐治はたいそう驚いてカードに見入っていた。

この日は忙しくて、その後の彼をゆっくり見守ることができなかったのだが、渚が再現した思い出のナポリタンには満足してもらえたようで、終業時刻のころにわざわざ食堂に挨拶に来てくれた。

杏子は伊佐治と話すためにカウンター向こうへ出ていった。

「今日はありがとう。〈七福〉まで行ってきてくれたとは驚きだよ」

伊佐治はかつて足を運んだことのある店について覚えていたようだ。

「うちの調理師が実際に忍さんから作り方を伝授してきたんです。味はいかがでしたか？」

「おいしかった。まさしく求めていた味だった。トマトケチャップの濃厚な風味といい、麺の茹(ゆ)で具合といい、昔懐かしい社食のナポリタンだったよ。忍さんは元気だったかい？」

「はい、とても」

杏子は忍との会話や〈七福〉で食べたおいしい鯖(さば)の文化焼き定食のことを話して聞かせた。

すると伊佐治は、

「忍さんは昔も溌剌とした人だった。あの明るい笑顔にいつも癒され、励まされていたんだ。だから彼女のナポリタンを食べると元気が湧いたのだと思うよ。退職前に無性に食べたくなったのは、彼女や彼女がいたころの社で働いている自分自身が懐かしくなったからかもしれないな」

遠い町のどこかで暮らす古い友人を偲ぶような目をして言った。

「よかったら〈七福〉に会いに行ってください。忍さんも何度も懐かしいっておっしゃって、伊佐治さんに会いたがっておられました」

杏子が伝えると伊佐治は、一度は感慨深げに「うむ」と頷いたものの、

「しかし、そこは思い出のままにしておくよ」

照れたように言ってほほえんだ。

忍への本心がどうであったのかは、部外者である杏子はもちろん忍自身が知ることも、おそらくもう永久にないのだろう。でも、それはそれでいいのかもしれない。

それから、伊佐治が思い出したように懐に手を差し入れた。

「ああ、そうそう、君にお礼を用意してきたんだ。これを」

そう言ってA４が三つ折りにして入る長３サイズの封筒を取り出し、杏子に差し出して

きた。

「お礼ですか？」

杏子はきょとんとしてそれを受け取る。

「藤のつく社員の名前と入社年月をピックアップしてみたんだよ。君の人探しの参考になればと思って」

人事部からこっそりデータを拝借し、それを紙に印刷してきてくれたのだ。システム部ならではの秘密の所業である。

「わ、嬉しい、ありがとうございます」

杏子は強力な情報を得られてにわかに興奮してきた。封筒の中には確実に藤の君の名があるということだ。

そこで、伊佐治に気づいたらしい料理長やみゆきも厨房から出てきたので、杏子はあわてて封筒を後ろに隠した。

「今日は私のためにどうもありがとう。おいしくいただきましたよ」

伊佐治が料理長を見て慇懃に礼を述べた。

「こちらこそ、ありがとうございます。本日はご退職おめでとうございます。長年の勤務、お疲れさまでした」

料理長も丁寧に挨拶を返す。

「お体に気をつけて、今後はゆっくり好きなことを楽しまれてください」

杏子も笑顔でねぎらいの気持ちを伝えた。

「ああ。ありがとう。ここにも来られなくなるのは寂しい気もするがね、私もこの社食と君たちのさらなる活躍を祈っているよ」

伊佐治も顔をほころばせて言った。

最後は、社食スタッフ全員で「お疲れ様でした」と頭を下げて彼を見送った。


その後、業務を終えてみなが退社し、控室で一番最後になった杏子は、伊佐治から受け取った紙をこっそり広げて見てみた。

Ａ４の紙に、苗字に藤の字のつく男性社員の氏名と所属部署、そして入社年月日が並んでいた。三十前後くらいまでと言ったため、三十三歳までの社員をリストアップしてくれたようだ。ざっと数えて五十名ほど。社食で待ち受けているとなかなか遭遇しないものの、こうして見てみるとやはり多い。支店の人も混じっているせいだろうか。所属部署と名前だけでは藤の君がどれなのかはわからないが、この中にたしかにあの日の彼がいるのだと思うと文字だけでも胸が躍った。

生鮮品部一課・遠藤祐介、生鮮品部二課・仁藤昭、酒類部二課・藤崎尚也——なんとなく順番に目を通していると、ふと見覚えのある課名に目が留まった。

総務部社食運営課。

「え？」

杏子は思わず目をしばたいた。これは自分たちが所属している部署ではないか。社食スタッフに藤のつく人物などいないはずなのに。

氏名を見ると、高藤渚とある。

「渚？」

入社年月は半年前になっている。たしかに渚は今年の二月に入ってきた。だが彼の苗字は支倉のはずだ。なぜ高藤になっているのだろう。高藤といえば、藤丸物産の社長と同じだが。

「なんで……？」

一体どういうことなのだ。

人事部の情報から抽出したデータなので、伊佐治が打ち込みミスをしたということはありえない。となると元のデータが間違っているか、あるいは、渚の苗字が支倉ではなく、高藤ということになる。

なぜか、見てはいけないものを見てしまったような心地になって、杏子はいったん紙を伏せた。そういえば、渚が社員証をつけたところをいまだに見たことがない。

渚は、ある日突然、入社してきた。つまり、彼は高藤家の身内で縁故採用だったといったところか。

まさか、社長と親子？

高藤社長は、週に一回くらいは社食を訪れ、取締役のだれかと食事をするので、杏子もそのご尊顔を拝してはいるが、渚と似ているかというと、よくわからない。ふたりを並べて比べることにそもそも違和感がある。年齢のせいだろうか。社長は六十歳くらいだ。でも渚が二十三歳だから、息子だとすると三十七歳の時の子。それなら全然ありえる。

人事部の本宮アリサが渚に興味を持ったのは、おそらく彼女が人事部のデータから渚の素性を知ったからなのだろう。

突然もたらされた思わぬ情報に、杏子は言葉もなくただその場に立ち尽くした。

第五話　焼きおにぎりのだし茶漬け

「本日のお題は花火大会」

ミーティングの時間に、料理長が陽気に切り出した。

今日のミーティングには田貫部長も参加していて、手元に配られた紙にはおいしそうな料理名がずらりと並んでいた。

「花火大会?」

七月に入ったので、花火大会の話題は各所でちらほらあがっているが。

杏子が小首をかしげていると、となりのみゆきが教えてくれた。

「杏子ちゃんはまだ一年未満だから知らないのよね。うちでは港の花火大会の夜、特別に社員に食堂フロアを開放するの」

「ここからだと超眺めいいからねっ」

真澄が楽しそうに言う。社食フロアはビルの二十階にあるので、たしかにガラス張りの開口部から花火がよく見えそうだ。が、梢が、「でもうちらは仕事なんやけどな」とぼそり。料理長が続けた。

「そう。当日は休日出勤でお仕事。我々は一家団欒を楽しむ社員のみなさんにドリンクや食事をもてなさねばならない。有料の予約制だが、大人気で抽選になるほどなんだよ」

「社長も孫連れてやってくるで」

「えっ」

　梢の言葉に、杏子は思わず渚をチラと見てしまった。高藤渚の三文字が脳裏をよぎる。が、彼にとくに反応はない。

「今年は八月十日なんだが、例年通りビュッフェスタイルでいこうと思う。料理は和洋中の三十種類程度でお値段は三千円。アルコールドリンク飲み放題をつけると四千円。で、渚とふたりでおおまかなメニューを決めたんだ」

　料理長に言われ、杏子はあらためてメニューに目を通してみた。

冷製料理
サラダ（メスクラン、オニオンスライス、海藻、コーン、ブロッコリー、ポテトサラダ、マカロニサラダ、春雨サラダ、ドレッシング3種）

トマトとクリームチーズのカナッペ／アンチョビと玉子のカナッペ
生ハムと玉ねぎのマリネ／サーモンの和風カルパッチョ
チーズ三種／合鴨パストラミのバルサミコ風味

温製料理
夏野菜のミネストローネ／春雨入り中華風玉子スープ
ローストチキン／牛肉のパイ包み焼き／真鯛とホタテのポワレ
わかさぎと野菜のフリット／えびとアボカドのオーブン焼き
ラザニア　ボロネーゼソース／きのことベーコンのペンネグラタン
茄子とベーコンのトマトソースピザ／カンパーニュ
中華点心の蒸籠蒸し（焼売・翡翠餃子・肉まん）
キーマカレー／ライス／ざる蕎麦

デザート
各種フルーツ
チーズタルト／カスタードプリン／苺のショートケーキ／チョコレートムース／グレープ

フルーツのサイダーゼリー／抹茶ときなこのわらびもち

飲み物
瓶ビール／赤ワイン／白ワイン／ウィスキー／ウーロン茶／ジンジャーエール／オレンジジュース

「お値段のわりに豪華ですね」

　ホテルのビュッフェ並みのメニューだ。

「といってもアルコールドリンクと肉類やチーズは自社取り扱い商品だから、コストは意外と抑えられてるんだよ。基本的にビュッフェで店が損をすることはあまりないしね」

「そうなんですか？　けっこうお料理が残ってしまって、損してる印象ありますけど」

「必要な料理の量を予測するのはたしかに難しいが、元を取るほどの大食いの客はそんなにいないんだ。あとは高級食材の料理を後ろのほうに置くとか、腹のふくれやすい穀類メニューを多めにするとか、お客の取り皿を小さめにするとか、グラスを大きくしてドリンクでお腹を膨らませるとか、コストを抑えるテクニックがいろいろある」

「裏ではえげつない取り組みがなされているのだよ」と田貫部長。

「そう。でもデザートは今年もケータリングサービスに委託する予定だよ」

デザートビュッフェのみでも承ってくれる業者がいるのだという。

「去年もお願いしてるんだけど、とってもお洒落にしてもらえたの。見て」

そう言ってみゆきが、タブレットから去年の写真を見せてくれた。

たしかにおいしそうなスイーツが見栄えよく並べられている。料理のほうも高級ホテルのビュッフェと遜色ない出来栄えだ。人気なのも頷ける。

「素敵ですね。……でも、この大皿みたいなやつとか、うちにありましたっけ？」

杏子は料理を載せてあるビュッフェウォーマーなどを指さしながら言う。物置の中では見かけたことはない。

「ああ、什器も食器もぜーんぶレンタル。便利だよねえ」

「そういうのがあるんですね」

「メニューに関してはどうだい。なにか意見はある？」

料理長が問いかけると、梢が手を挙げた。

「ポテトフライ欲しいです。子供も来るし」

「おっ、そうだね、気軽に食べられていいね。安価で腹もふくれやすいし」

「今年はヌードルはやめたんですね」

真澄が言うと、料理長は頷いた。

「代わりに田貫さんの意見を聞いて蕎麦を採用したんだけどどうかな？」

「ひやむぎと迷ったのだが、こだわりの信州そばが食いたくなったのだ」

「部長んちの夕ご飯やないんですよ」と梢。

「蕎麦いいと思います。すりおろし生ワサビ入れて食べたい」

「私もお蕎麦派です」

真澄に続いて杏子も賛同した。

「メインはこれでどう？　去年はポークソテーとラムにしたんだけど意外と残ったんだよね、特にラム」

「そうそう、物珍しいしヘルシーでジューシーで僕のイチ押しだったのだがね。あれはかえって失敗だったね」と田貫部長。

「なので肉と魚はやはり王道のアイテムでいこうかなと」

「牛肉のパイ包み焼きは飛ぶように売れそうだ。僕なら一番に食べるね」

「ちゃんと前菜からいってくださいよー、部長」と真澄。

「和食が少ないんですが、気になりませんか？」

メニューをじっと見ていた渚が、杏子たちの顔を見て訊いてきた。

料理長が続けた。

「そうそう。ビュッフェとなるとどうしてもみんな洋食に走りがちで、煮物系はどうしても残りやすいんだよね。だから旅館の朝飯みたいになりそうな味噌汁なんかは外した。ただ、年配の社員向けにもうちょっと調整したほうがいいかもしれないとは思ってるんだ。

一見、洋風っぽい和風のアイテム、なにかないかな？」

「このサーモンの和風カルパッチョとかみたいな？」

メニューを見ていた真澄が問う。

「そう。それ、見た目は洋風だけど、醬油と柚子胡椒という和の調味料で味付けするんだ」

「玉子豆腐はどうですか？　和風だけどアレンジ次第では華やかに見えるので」

杏子が提案すると、みゆきが賛同した。

「ああ、いいわね。夏だし、あんかけ風にしてみたり」

「ほかには、あと、なんかこう、話のネタになりそうな注目アイテムはないかい？　花火も良かったけど、料理の○○もよかったよねーみたいに言ってもらえそうなインパクトのあるやつ。和洋折衷でいくからなんでもいいよ」

料理長が言うと、真澄が言った。

「サマーロールとかは?」

「なんやそれ?」と梢が問う。

「ライスペーパーで野菜とかフルーツを包んだやつ。ディップソースをつけてサラダ感覚でいただくの」

「ライスペーパーとはなんぞや」

　今度は田貫課長が首をかしげるので、料理長が命じた。

「渚、説明してさしあげて」

「米をシート状に加工したもので、ベトナム料理の生春巻きでおなじみのアレです。生食OK、焼く、揚げる、蒸す等、調理法は自由自在です」

「これよ、見てこれ。こないだパパに連れていってもらったお店で食べたの、サマーロール」

　そう言って真澄が、スマホで撮った写真を見せてくれた。

「わあ、きれい」

　杏子は思わず感嘆した。細切りや輪切りにカットされた具材がライスペーパーに包まれている。具材はスモークサーモン、えび、アボカド、にんじん、ラディッシュ、紫キャベツ、キュウリ、いちご、キウイなど、とにかく色鮮やかで飾り物みたいに美しい。

「ディップはどんな味だった?」

料理長が興味深げに訊ねる。

「ピーナッツソースがベースになってる感じ。ゴマドレッシングに近い味だったけど。あと、柚子風味のもあったかな。なにもつけないで食べると素材の味が楽しめて、それはそれでおいしかったですよ」

「どうです、部長?」

渚が問うと、田貫部長がへの字口で答えた。

「うーむ、邪道すぎだ。映えを狙った見た目だけの料理にしか見えん。一部の女性にしかウケんだろう」

「見た目も大事やないですか」

梢が言うが、

「そういえば去年、生春巻きを出したけど、あれも意外と残ったんでしたよね」

みゆきが思い出して言った。

「香草がたくさん入ってると思って、手を出さない人が多かったんだろうね。エスニック料理に抵抗ある人は多いから」

料理長が言った。生春巻きの連想から、あまり食べてもらえないかもしれないという。

「じゃ、ほかになにか……、あたし、週末にどっかのビュッフェに行って考えてこようかな」

真澄がつぶやく。

「私ももう少し、じっくり考えたいです。せっかくのイベント料理なので」

杏子も言った。いいものを出せば今後の社食の喫食率にもつながりそうだが、急には思いつかない。

「わかった。では、注目アイテムについては、後日、あらためて意見を募ることにしよう」

料理長が言い、話題は明日の仕事分担の確認に移った。

＊

その日の仕事帰り、杏子は〈食道楽〉に寄った。

かつて渚が働いていた料理店だ。今日は家の冷蔵庫が空っぽなので、会社帰りに食材の買い出しにいくつもりだったが、午後から雨降りになったせいでそんな気も失せた。

適当にどこかで食べて帰ろうと考えたとき、以前、〈食道楽〉で食べておいしかったカニ玉丼が急に恋しくなった。ビュッフェのネタ探しもかねて真澄を誘ったが、あいにく約束があったのでひとりで行くことにした。

店にはあれから三度ほど――二度目は渚と真澄の三人で、三度目は真澄と梢の三人でお邪魔しているので、店主の金造とは顔見知りになっている。

「こんばんは」

のれんをくぐって中に入ると、

「おう、いらっしゃい。こんな雨の日に」

店主の金造がカウンター奥からニッと笑って迎えてくれたが、目は意外そうだった。

「ちょっと、カニ玉丼が食べたくなって」

杏子は言いながら、カウンター席の一番端っこに座った。

時間も早いし、雨のせいか客は少ない。カウンター席に会社帰りのサラリーマンとおぼしき二人連れが一組と、小上がり席に、夕食を食べながら酒を飲んでいる年配の男性三人組がいるだけだ。

すぐにおしぼりとお水が出された。

「今日はもう終わり？」

「はい。毎日、ほぼ定時でありがたいです」

にっこりと笑いながら返す。

「おつかれさん。渚はまだ仕事かい？」

渚の名が出て、どきりとした。遅れて店に来ると思っているのかもしれない。

「私が社を出たときは、まだ料理長と打ち合わせをしていました」

最近、今度のビュッフェの件で、みゆきを含めた三人で話し込んでいることが多い。今日も配置や動線についてをあれこれ論じあっていた。

「仕事ばっかしてねえで、また飲みに来いって言っといてよ」

金造が言うので「わかりました」と笑って返した。

金造はガスコンロ前に戻っていった。

料理を待っているあいだ、お手伝いのおばさんが小鉢(こばち)を出してくれた。

暇なので、金造が丼(どんぶり)を作るのを眺めていた。手元の動きは速く正確で、たたずまいの美々(びび)しいところが渚に似ていた。ここへ来ると、渚はたしかに彼に師事したのだといつも思う。金造の場合は年齢的な貫禄(かんろく)もあるので、より洗練されて見える。

しばらくしてカニ玉丼ができあがった。金造が仕上げに薬味をのせてから、「へい、おまちどうさま」と熱々の丼を差し出してくれた。

「おいしそう、いただきます」

杏子は両手でそれを受け取った。カニと玉子の香りに鼻腔(びこう)をくすぐられる。

一口食べてみると、玉子とあんがふわりと口内で蕩けあって思わず顔がほころんだ。

しかし話し相手がいないと、つい頭の中で渚の苗字のことを考えてしまう。実は朝からずっとそうだった。渚の顔を見るたび気が散って、調理作業にも集中しきれなかったのだ。

人事部の書類が、支倉渚ではなく高藤渚になっていたのはなぜなのか。

高藤渚なら、苗字に藤の字のつく二〇代の男性社員ということになるが、杏子が藤の君とぶつかったのは二月で、当時、渚はまだぎりぎり入社していないから彼が藤の君ということはありえない。

ただ、渚の苗字が高藤というのはどうも気になる。社長と同じだなんて。

社員証をつけていない理由もそこにありそうだ。まわりに知られたくないから——？

しかしデリケートな話題なので、直接本人に訊くわけにはいかなかった。

上司である料理長や田貫部長ならおそらく事情を知っているだろうが、立場的に話してくれなさそうだ。

渚と仲のいい真澄も、なにか知っているかもしれない。でももし知らなかったら、渚の私的な事情を公にしてしまうことにもなりかねない。

いっそ本人に訊いてしまおうか。

あっさり教えてくれそうな気もするし、心までも硬く閉ざしてもう二度と口をきいてもらえないような気もする。木更津行きによって少し彼との距離も縮まったと思っているのだが、苗字の件はどうにもプライベートに立ち入りすぎているようできりだしづらい。

とはいえ、このままだと毎日やりにくい。知ってはいけないことを知ってしまったうえに、彼にそれを隠しているのがどうもうしろめたい。自分の性格的には、正直に告げて詫びたい。そのほうがすっきりするのだけれど。

どうしたものかとひとりでぐるぐる考え込んでいると、

「口に合わなかったかい？」

杏子のカウンター向こうに食材とまな板を置いて、金造が話しかけてきた。ここで調理作業を始めるようだ。

「いえ、そんなことないです。おいしいですよ」

杏子はあわてて箸を動かした。まだ二割ほどしか食べられていない。

「上の空だし、箸の進みが悪いからさ、なんか悩み事？　渚にいじめられたとか」

手元の鶏肉を捌きながら、冗談半分で金造が訊いてくる。

「いじめられたわけではないんですけど……」

まさしく渚に関しての悩みではある。

「なんだ、あいつ会社で態度悪ィの？」

今度は真顔で突っ込んできた。弟子の働きぶりは気になるようだ。

「悪くないです。私のことはこき使うけど」

「そいつは使い勝手がいいからよ。でも丁寧に扱ってるだろ。気に入ったもんは人でも道具でもちゃんと大切に扱うやつだから」

たしかに重い寸胴鍋を持っているとたいてい代わってくれるし、作業が滞りかければさりげなく手伝ってくれたりする。

「金造さん、やっぱり渚君のこと、よくご存じなんですね」

大学を辞めた渚はここで何年か料理の修業を積んだという話だから、つきあいの長い金造なら素性にも詳しいかもしれない。

「まあな。ガキのころからよく食べに来てたし、母親が死んでから三年くらいは保護者みたいなもんだったからなァ。なんでも訊いてよ」

杏子はほかの客を見回した。みな、ひと通り腹は満たされ、酒を飲むペースもゆっくりになっている。雨足も強まっているのか、あらたな客が来そうな気配もない。

「渚君って、小さいころどんな子供だったんですか？」

なんとなく興味のままにたずねた。

ほんとうに質問されるとは思っていなかったようで、金造は一瞬きょとんとしたが、

「さては姉ちゃん、渚に惚れたな？」

　にやにやしながらひやかしてきた。

「そんなんじゃないですよ、彼のほうが年下だし」

　図星なのを否定しているような構図が嫌で、杏子は流れにまかせて事情をうちあけてみることにした。

「渚君……、会社では支倉渚と名乗っているんだけど、どうも本名は高藤っていうみたいなんです。私、それを偶然に知ってしまって……。高藤というと、うちの会社の社長とおなじ苗字なんですけど、ひょっとしたら渚君は高藤社長の身内なのかなって」

「おお」

　金造が調理の手を止めて、大仰に驚いた。内容に対してではなく、それをつきとめたことに対する驚きなのだとわかった。

「それで悩んでんのかい？」

　杏子は頷き、慎重に続けた。

「渚君このまえ、自分の描いた絵が冷たいのは家庭環境のせいだって寂しいこと言ったんです。だから、なんだかよけいに気になって……」

　彼の過去を知りたいと思う根底にある理由はそれなのだと、たったいま言葉にして気づいた。

――家族がたくさんいるのはいいことですよ。

木更津から帰るとき、渚はそう言って寂しそうにほほえんでいた。家族がたくさんほしいのはなぜ。自分もあたたかい絵を描きたいと思ったのはなぜ。家庭環境の複雑さは、彼のほんとうの苗字と関係しているのではないか。

金造はなにも返事をせず、しばし手元の作業に集中していた。ひらいた鶏肉で野菜を包み、タコ糸で巻いている。明日の仕込みだろうか。そう見せかけて、頭の中でなにか言葉を選んでいるようにも見受けられる。

ほどなく作業に区切りをつけると、濡れ布巾で手を拭いながら口を開く。

「渚はたしかに社長と血が繋がってるよ。息子なんだ。ただし愛人の子だけどな」

「…………」

親族とは思っていたが、愛人の子とは――。

金造は手元に置いてあった焼酎のグラスを手にし、みずからも喉を潤してから続けた。

「渚がはじめてこの店に来たのは、あいつが小四くらいのときかな。母親はそれ以前から常連だったんだが、あるとき渚を連れてきたんだ。そんで横浜のじいさんがやってる店に似てるからって、あいつもこの店を気に入ってくれてな。以来、親子で頻繁に通ってくるようになった」

　渚の口からも聞いたことがある。ここに来ると母の実家の店を思い出すと。

「あいつは母子家庭育ちだが、経済的な苦労はまったくしていないんだ。生まれてからずっと広尾の高級マンションで母親とふたり暮らし。欲しいものはいつでも買ってもらえたようだし、身に着けてるもんはそんじょそこらのガキとは違ってた。母親が美容師だから髪型も常に洒落ててな、まあ、いわゆる坊ちゃんだな。話をしても、なんつーか、背伸びした感じの小生意気なガキでさあ。でもガキはガキなりに苦労はあったみたいだ。家庭教師をつけられて、家と習い事の往復と勉強づくし。母親は相手方に似てデキのいい子なんだと自慢してたが、いつか親の期待に潰されるんじゃないかと俺は怖かったね」

「…………」

　子供時代の渚をうまく想像できず、杏子がなんともいえない心地になっていると、そこでからりと店の戸が開き、客がひとりやってきた。

　ふり返って、袖の雨粒を払っている客の姿を見た杏子はぎくりとした。渚だった。

「いらっしゃい、……おお、渚じゃねえか」

　金造がいつもの軽快な声で出迎えると、軽く会釈しながら「こんばんは」と返し、カウンター端の杏子のほうへやってきた。

杏子は一応、「おつかれさま」と笑いかけたものの、多分ぎこちなくなった。

渚は隣に座って「おつかれさまです」と返したあと、

「なに勝手に話してんですか」

おしぼりと水を出す金造に向かって、仏頂面で問う。

「すげえ地獄耳だな。聞いての通り、おまえさんの素性をぶっちゃけたところよ、高藤渚君」

悪びれもせず金造が白状するので、杏子は内心焦った。

渚は一瞬、顔をこわばらせたが、

「適当にカマかけただけなんだけど……。あいかわらずおしゃべりだな、金造さんは」

呆れ半分にひとりごちる。たしかに毎度、渚の裏話をばらしてくれるが。

「安心しろ。ちゃんと相手を見て喋ってっからよ」

渚は「へえ」とすげなく聞き流してから、ビールと枝豆とイカの塩辛を注文した。

「ごめん、勝手に聞いちゃって」

杏子は素直に謝った。こうなるのなら潔く本人に訊いたほうがよかったかもしれない。

「いいですよ、どうせ時間の問題だったと思うし」

苗字のことは、いずれ真澄などにも話すつもりでいたという。

「雨、たくさん降ってた？」

気まずさをごまかすように、杏子は話題を変える。

「まあまあ降ってました」

渚は早々に出された瓶ビールとグラスふたつを、カウンター越しに受け取りながら答えた。

ビールを注ぎ、杏子に渡してくれる。

「今日は朝から仕事中のようすが変だったんで、気になってました」

「私が？」

「はい。なんとなく上の空っていうか、手元の作業以外の事を考えてるっていうか」

しっかり見抜かれていた。

「で、綾瀬から、杏子さんがここに寄るらしいと聞いて追いかけてきたんです」

「そうだったんだ」

真澄も気を遣って、自分の代わりに渚を寄越してくれたのかもしれない。

渚に枝豆と小鉢が出されたところで、杏子は本名を知った経緯を話しておこうと口を開いた。

「実は、伊佐治さんが見せてくれた人事部の資料に、たまたま渚君の名前があって……」

「…………」

渚は軽く頷いたきり、それ以上はなにもふれてこずにビールを飲む。

杏子も飲んだ。ビールはあまり好きではないが、ここは飲むしかない気がした。

気づいた渚が、くすりと笑った。

「無理して飲まなくていいですよ」

やわらいだ表情にほっとした。

「どこまで聞いたんですか、俺の身の上話」

飲むなと言ったわりに、杏子のグラスにビールを注ぎ足しながら訊いてくる。

どことなく自虐的な笑みを浮かべているので、杏子はいたたまれなくなった。

「昔から成績優秀な子だったって……」

訥々と答えると、

「それが母の望みだったので、小さいころは勉強ばかりしてました。父は事故死したと聞かされていたから、母に苦労させてはいけないと思っていた」

みんなが草野球やカードゲームに興じているとき、自分だけは時計を見て抜け出し、家庭教師が待つ家に帰らねばならなかったという。

「父親に関しては、子供心に妙だなと思っていたんだ。写真は家中を探しても一枚も見当たらなかったし、墓参りの経験もなかった。横浜の祖父母も、父親のこととなるとぴたりと口をつぐむ。母もそうだ。父のことをたずねると、決まって口数が少なくなった」

「いつ、ほんとうのことを知ったの？」

杏子は慎重にたずねた。

「十九のとき、母の病床で。……事故死したと聞かされていた父親が実は生きていて、藤丸物産の社長、高藤なのだと聞かされました」

父は、美容師である母の客の一人だった。髪を切っているうちに恋に落ちたのだという。これまでずっと、彼が自分たち親子の生活費や養育費をすべて負担していた。ふたりで住んでいたマンションも彼の名義なのだと。

「高藤には、幼いころから年に二、三回会う機会があった。母が学生時代に世話になった先輩だとかで、お金持ちでおいしいものを食べさせてくれるおじさんという印象だった。これが父親なんだろうと勘づいてましたけど」

――でも認知はされていないの。

母は冷めた目をしてそう言った。高藤は生まれた子を認知するつもりでいたが、夫人がそれを許さなかった。無理もない。気持ちの問題はもちろん、相続の問題などが生じてくる。ただし夫人は、高藤家にふさわしい立派な子であれば認めてやってもいいと言ったという。だから母は息子の教育に力を入れたのだ。いつか高藤の家に認めてもらうために。

その夏に、母が病で亡くなった。

葬儀のとき高藤から、これからは私を父親として頼ってほしいと言われた。だが、あなたの息子じゃありませんから――そう返して拒絶した。母を愛人として囲っていた男を父とは呼びたくなかったし、自分が愛人の子として生まれた事実も受け入れられなかった。

「すると父は、母が発病したとき妻に頭をさげ、すでに認知をすませてあると言ったんだ。立派な子に育ったら認めるとか、そんな、出来栄えで人を選ぶような真似はできない、おまえはどうあっても私の息子だと」

杏子はたずねた。

「お母さんは、認知されていることを知らないまま亡くなったということ？」

「おそらくは」

渚は、金造から差し出された塩辛を受け取りながら頷いた。あえてだろう、金造は会話に入ってこなかった。

「認知って、母親の承諾がなくてもこっそりできるものなの？」

「子が生まれていればできます。妊娠の段階だと母親の承諾も必要らしいですが。ちなみに子が未成年の場合は、子の承諾も要りません。父親側にすでに妻や子どもがいたとしても、同意や承諾を得る必要はないそうです。父の場合、きちんと高藤夫人を説得したようです。ただし、絶対に母にはそれを告げないという条件を設けられましたが」

「だから知らないままだったのね」

「戸籍には事実が記されてしまうんで、どのみち時間の問題だったはずですが。……それが高藤夫人の意地だったのだと思います」

愛人とその子供などにいい思いはさせまいと。

当時、認知の事実を聞いても渚の気持ちは変わらなかった。

母は、大学を卒業したら父の会社で世話になるよう遺言を残したが、とてもそんな気にはなれなかった。大学の学費などもすべて高藤の支援で成り立っているのだと思うと無性に腹が立って、もはや母のために生きる必要もなくなったので、夏の終わりに大学を辞めた。とにかくあのころは高藤の世話になるのが嫌だったのだという。

渚は続けた。

「四十九日が過ぎると、俺は広尾のマンションも出て、父からは完全に行方をくらましました。でも、家は出たものの、とくに行くあてはない。あまりに自由すぎても人間ダメになるんだなってわかったんだ。なにもしないで街をぶらぶらしたり、だれとも話さないで一日過ごしていると、少しずつ自分の身体が錆びて動かなくなっていくような感じがした」

ひと月ほど友人のアパートやネットカフェやカプセルホテルを転々としているうちに、手持ちの金がなくなった。母から渡された通帳の金を下ろそうとしたが、結局は高藤の懐から出た金にすぎないのだと思うと使う気にはなれなかった。無一文になりかけたころに辿り着いたのが〈食道楽〉だった。

事情をうちあけると、店で働きながら二階に住ませてもらえることになった。

「あの日、金造さんからはこんなことを言われました。十九年間、おまえたち母子を経済的に支えていたのは高藤。彼に世話になったのは確かなのだ。縁を切りたいのならなおさら、その相手に礼のひとつも言わないで行方をくらましてどうするんだと」

見ると、金造はカウンター席のお客と楽しそうに喋っている。

「そこで少し考えが変わりました。いろいろ悩んだあと、祖父のように料理の道に進もうとも思いたった」

その後、見習いとして金造に師事し、二年目に調理師免許を取得したが、店で働きはじめて丸三年が過ぎるころ、おまえを探していたと言って、高藤が店にやってきたという。

「ここに？」

「そう。そのとき父は、焼きおにぎりのだし茶漬けを注文した。俺は金造さんから調理を任されたんだけど、抵抗があってできませんでした。客に飯を出さない傲慢な料理人がいるかと金造さんに叱られたが、それでも応じられなかった。あのときの気持ちはいまだに自分でも分析できてない」

　ひとまず一緒に飯を食えと、金造から二人前の焼きおにぎりのだし茶漬けを出され、仕方なく高藤と並んで食べた。

　──私のもとで働いてほしい。

　高藤はそう言ってきた。それが母の遺言だったし、息子を自分の会社で働かせるのは私の夢でもあるからと。彼はこうも言ったという。社に入るときには高藤の姓を名乗ってもらいたいと。

「つまり、養子縁組をするということ？」

　認知しただけでは、父子がおなじ戸籍に入ることはできない。

「そう。父はどうしても俺に高藤の姓を名乗らせたかったようで。高藤夫人も、俺の母が亡くなったことで、気持ちの清算はできたそうです。それでも俺は、いまさら料理人を辞める気はありませんと言って断った。もちろん本音だった。すでに大学も辞めている身だったし」

「辞めたこと、もしかして後悔してる？」

「物事を途中で投げ出したという点では後悔してます。大学を出てから料理の道に進むこともできたわけなので」

ものすごく悔やんでいるふうには見えないが、自分に対する解けないわだかまりがあるようだった。日々のきちんとした仕事ぶりからすると、中退という中途半端な選択をしてしまった自分のことは許しがたいのかもしれない。

「結局、父が妥協して社食でなら働けるかと提案してきたので、そこに落ち着きました」

数日考えたのちに、養子縁組を受け入れ、社食で働くことに決めたのだという。

高藤に世話になったのに変わりはないという金造の言葉が念頭にあった。それに父の会社で世話になれという母の遺言も、もしかしたら高藤に恩を返して生きていけという意味だったかもしれないと考えたから。

「入社手続きのために藤丸物産を訪れたとき、父が早々に『高藤渚』の社員証を用意して待っていて、帰り際に首にかけてくれました。でも俺は、父や高藤の苗字にはどうも馴染めなくて、いまだにそれをつけられない。父が急がなくていいと言ってくれたので甘えてしまって……」

「だからいっつも名無しだったんだ」

ふだんは余裕のある渚の表情に、父親との距離をつかみかねた焦燥みたいなものが垣間見える。

「仕方ないよ、ふつうに一緒に暮らしてきた私でさえ、お父さんにはなんだかすんなり馴染めないもん」

杏子はふと、実家の父を思い出した。大きなハウスで、細紐で小さく仕切られた升目に地道に菊の苗を生けている父。いつも愚痴のひとつも言わずに、黙々と作業をしているあの背中。母みたいに素直に話しかけられず、なぜかいつも妙に気を遣ってしまう。

渚の場合、父は社員を何百人も抱える老舗企業の経営者だ。杏子だったらものすごく構えてしまう。

「でも高藤社長は、渚君のことを絶対に息子として大切に思ってるはずだよ。だって、社食を訪れると、いつもこっちを気にしてるもん。あれは〈キッチン藤丸〉だけじゃなくて、我が子の姿を見たいからなのよ」

杏子はしばしば社食を訪れる高藤社長を思い浮かべた。厨房を覗くときの彼には、父親としての好奇心もあるのだろう。

「この先もずっと、社員証つけないでいくの？」

空になった渚のグラスにビールを注ぎながら杏子は問う。

「わかりません。父は待ってると思いますが……」

渚の答えはめずらしく歯切れが悪い。

「社長も不安なんじゃないかな。息子の本心が見えているようで見えてない状態なのが」

あの社員証が互いを繋ぐ鍵となるのに、渚は素直につけられないでいる。

「今は社長を父として認めているんでしょ？　それは話しててわかるよ」

「まあ、それなりに感謝はしてます……」

渚は塩辛を食べながら、ひとりごちる。

「でもそういうのって、言葉にしないとなかなか伝わらないもんなんだよね」

杏子も冷めかけたカニ玉丼に、ようやくふたたび箸をつけた。

このもどかしい親子関係をどうにかしてあげたい。渚にも寄り添う気持ちはあるのだ。なにか、素直になれるきっかけがあればいいのだが――。

「あ、そうだ」

一口食べた杏子は、唐突にひらめいた。

「花火大会の夜のメニューに焼きおにぎりを入れようよ」

「え？」

「本当の気持ちって言葉には出しづらいじゃない。でも、料理だったらうまいこと伝えられる気がするの。あの日、作ってあげられなかった焼きおにぎりを作る。ビュッフェにはちょっと変だけど、だからこそ社長は気づくはず。渚君があのときとは変わってるって、きっと理解してくれるんじゃないかな。まずはそんなところからでいいと思う」

「…………」

渚は厨房に視線を投げたまま、思案するふうに黙り込む。

厨房では金造が、小上がり席の客から追加で注文の入った河豚の天ぷらを揚げていて、油の撥ねる小気味よい音がしていた。

しばらくしても返事がないので、

「どう？」

もう一度、杏子が答えを促すと、渚はようやく腹を決めたらしかった。

「料理長は変わったものを入れたがっていたから、ちょうどいいかもしれない」

「うん。じゃ、明日、提案してみよう」

杏子はにこりとほほえんだ。それから、グラスに残っていたビールを飲み干してからたずねる。

「ところで焼きおにぎりのだし茶漬けってなに？」

「ん？」

「実は食べたことないの。焼きおにぎりはわかるんだけど、それにだし汁をかけた感じ？」

いまひとつ味の想像がつかない。

「そう。香ばしくておいしいよ。食べてみます？」

〈食道楽〉では今もそれが出されているようだ。見ると、手元のメニューに書いてある。

杏子が頷くと、渚が「金造さん、注文いい？」と声をかけた。

＊

花火大会当日。

料理は開始時刻までにすべて完成した。

ずらりと並んだ冷製料理と温製料理の数々。委託したデザートも見栄え良く揃っている。カットフルーツや透明なサイダーゼリーがキラキラと光って宝石みたいにきれいだ。

「やっぱ焼きおにぎりが浮いてはるわ」

最終点検の際、梢が真顔で言った。中華点心の隣にこんがりと焼けたおにぎりが整列している。渚の提案に田貫部長がのって実現したのだ。ポットにだし汁が用意されているので、碗におにぎりと薬味を入れてまわしかければだし茶漬けにもなる。今日は子供の参加も多いため、意外にも売れるんじゃないかと料理長も期待していた。

「でも味はたしかだから。〈食道楽〉で食べたけどすごくおいしかったんだよ」

杏子が言うと真澄も、

「あたしも食べたことあるっ。両面をこんがり焼いた焼きおにぎりが、おいしいおだしに気持ちよさそうに漬かってんの。そこに海苔と薬味がぱらぱらっとかかってて、すんごくいい香りがするのよー」

「そうそう、お箸を入れると焼きおにぎりがほろりと崩れてね、口にしたとたん、焼けたご飯と醤油とごま油の風味がだしと見事にマッチして、あれにしかない幸せなおいしさが広がるんだよね……」

「だしなしでも十分、しあわせな味するやん。おこげついてるんやで？」

「そのおこげをだしに浸して食べるのが最高なんじゃん」と真澄。

たしかにあの贅沢なお茶漬け仕様がいいのだ。話していたら食べたくなってきてしまった。

「杏子ちゃんたち、そろそろ戻って」

みゆきから声がかかって、三人はと厨房に戻った。

そう、杏子は今夜はスタッフ側だ。セルフサービスなので配膳の必要がないから楽かと思っていたが、裏方は半端なく忙しかった。

途中、孫を連れた高藤社長の姿を見かけた。渚の焼きおにぎりに気づいてくれるといいのだが。

ビュッフェがスタートして三十分ほどが過ぎると、ドーンと一発目の花火があがった。響きはちゃんとホールにも伝ってきて、ガラス越しでも臨場感があった。

歓声がわいて、一旦はみなが花火に目を奪われた。

だが、序盤なので、まだまだ食べるほうが優勢だ。

みんなが好きな食べ物はすぐになくなる。少なくなった段階で前もって厨房に伝え、新しいものができ次第、ホールに持っていって取り替える。溜まった食器は下げて、洗いあがってきれいになった食器をまたホールに戻す。食器は、いつもは一枚ずつ扱うので気にならないが、重なると重くてきつい。それでも、みんなが楽しそうに料理を食べている姿を見ると、頑張ろうと思える。

焼きおにぎりは好評だった。料理長の読み通り、社員が連れてきた子供たちに人気だ。だしはかけずに、そのままほおばる子ばかりだったけれど。

高藤社長はというと、焼きおにぎりを碗に入れ、しっかりだしをかけるところを杏子は見届けた。社長は思い出しているだろうか。あの日、〈食道楽〉で渚が出せなかったのとおなじ料理であることを。

花火も中盤にさしかかると、ビュッフェの客足はぐっと落ち着き、厨房にも余裕がでてきた。

　杏子は、料理長が社長に呼ばれて半個室に入っていく姿を見かけた。やはり個人的な親交があるみたいだ。今日の料理の出来栄えや、社食の状況についてを語るのだろうか。

　ほどなく、入れ替わりで渚が社長に呼ばれた。

「なんで渚まで社長に呼ばれてんの？　なんかやらかした？」

　真澄が、半個室に消えた渚を気にしている。彼女はまだ渚の素性を知らない。渚はいずれ折をみて話すつもりだと言っていたから、杏子は「さあ。なんだろ」と適当に流しておいた。すると、

「ちょっと覗いてみようよ」

　いたずらっ子の目をして誘ってくる。

「……うん」

　いささか気が引けるものの、興味もあるので見てみることにした。

　ふたりでデザートのお皿を補充するふりをしてフロアに出た。デザートのコーナーはちょうど半個室の近くにあるので、角度によって中の様子をうかがうことができる。

　皿を抱えたまま、壁際からチラと中を覗いてみると、ふたりとも卓にはつかず、ガラス越しに花火を眺めながら、なにか立ち話をしていた。

「なに話してるんだろ」

真澄が薄暗い中で目を凝らすが、後ろ姿なのでわからない。

「怒られてる感じじゃないから大丈夫よ」

杏子は言った。

渚のほうが背が高く、言われなければ親子には見えないのだが、並んでひとつの景色を眺めながら語らう姿はほほえましかった。

社長はあの焼きおにぎりを味わって、息子の気持ちの変化を感じとってくれただろうか。

——きっとそうだといい。


八時半になると、花火の終盤が近づいてきた。

厨房は片付けに向かって動きはじめていたが、時間に追われているわけではない。フィナーレくらいは見たいと思い、フロアに出てカウンターの隅っこから花火を眺めていると、渚がやってきた。

「今日はありがとうございます。父は喜んでました、焼きおにぎりのだし茶漬け」

ひと仕事を終えたような清々しい表情で彼は言った。

「お礼なんていいのに。社長とは、なにを話したの？」

暗がりで彼を仰いでたずねると、

「他愛ないことですよ。あの焼きおにぎりの作り方とか。……あと、今後は支倉の姓は名乗らず、社員証をきちんとつけて出社することも告げました」

「そうなの？」

ようやく決心がついたようだ。

「でも恥ずかしかったな」

「なにが？」

「俺ははじめからずっと、わがままを許してもらいたかった、ただの子供だったなって」

「いいんじゃないのかな。渚君は、あの人の子供なんだから」

杏子が言うと、渚は素直に納得したようすで肩をすくめた。

それから花火に視線を移して彼は続けた。

「父とまともに話したのは、入社前に一度、ここに来たとき以来だ」

「社長から社員証をかけてもらった日よね。それって入社前のことだったっけ？」

「そうです。スーツ着たのなんて成人式以来だったから慣れなくて、無駄に緊張したな。社員証も、ビルを出るまでは外してダメなんだと思い込んで、社畜だなと思いながらまじめにつけてました。二月末だから、あれからもう半年か」

「……ん？」

二月末といえば、藤の君。あの時期、爽やかなスーツ姿で藤のつく社員証を下げていた男なら、条件が一致しているではないか。まさか――。

「渚君、その日、だれかとエレベーターでぶつかったような記憶は……？」

ざわつく胸を押さえ、おずおずと問うと、

「さあ、どうだったかな。ぶつかったとしても、そんなのいちいち覚えてないですよ」

あっさり返された。たしかにそうだろう。

「あの日は意外と父との話が長引いて、店の仕込みに間に合わないので帰りはかなり急いでました。駅まで全力疾走だったたな」

「えっ」

急いでいた？

「なんでそんなこと訊くんですか？」

けげんそうにのぞき込まれて、杏子は思わず目をそらした。

「え、べつになんでもない」

渚だったらどうしよう。まさか自分をこき使う生意気な年下男子が、この半年間、一途に探し続けた運命の相手だなんて。

ありえない。

いずれにしても本人が覚えてないというのだから確かめようがない。考えてみたら、あのハプニングは杏子の一方的な記憶であり、相手方が覚えていなければ、もはや事実は成り立たない。つまり、なかったも同然ということになる。

それでも、杏子の感情は本物だ。もしもあれが渚だったとしたら――。

そこまで考えかけたところで、

「ちょっとォ、なにふたりだけ抜け駆けしていい雰囲気になってんのよ」

真澄が冗談を言いながら、ずいとふたりのあいだに割り込んできた。梢もいる。

「いや、なってないけど」

渚がきまじめに返す。

「料理長が余ったお料理食べてもいいって」

真澄の言葉に、藤の君疑惑など一気に吹っ飛んだ。

「ほんとにいいの？」

「ほんまや。デザートもええって。はよ行こ」

梢も嬉しそうに誘ってくる。

相手探しのタイムリミットはゆるやかに迫っているものの、当面は色気より食い気である。杏子はさっそく真澄らと一緒に料理を取りにむかった。

社員たちはみな思う存分食べたようで、料理のほうにはもうだれもいない。

切らさないよう多めに作られたはずだが、それでも牛肉のパイ包みは売り切れだった。

おかわりした社員が多かったのだ。そして焼きおにぎりも完売だった。味がよかった証拠だろう。

余った料理の中からひととおり食べたいと思ったものを選んでお皿に載せ、杏子たちはカウンターの前に戻ってきた。

おりしもフィナーレにさしかかり、仕掛け花火が次々に爆(は)ぜて大輪(たいりん)の花を咲かせはじめた。ドドン、ドドン、ドドドドンと連続した音がホールに響く。

「社食っていろんなことがあるんだね。ただ社員がお昼ご飯を食べに来て、去っていくだけの空間なのに」

自分たちが提供した料理を味わいながら、杏子はしみじみとつぶやく。

「そうですね。人が集まって飯を食えば、良くも悪くもいろいろ起きるんだと思います」

渚が花火を見つめて言った。

社内の制度について論じたり、気分転換の中で新たなひらめきが生まれたり。

この場所にはおびただしい時間が流れ、交わされた言葉と感情があり、味わわれた料理があるのだ。

これからも、たくさんの社員に愛される食堂でありますように。

ガラス越しに一斉にひらいた大輪の花火を眺めながら、杏子は心の中で思わずそう祈った。

※この作品はフィクションです。実在の人物・団体・事件などにはいっさい関係ありません。

集英社オレンジ文庫をお買い上げいただき、ありがとうございます。
ご意見・ご感想をお待ちしております。

●あて先
〒101-8050　東京都千代田区一ツ橋2-5-10
集英社オレンジ文庫編集部 気付
高山ちあき先生

藤丸物産のごはん話

恋する天丼

集英社
オレンジ文庫

2021年9月22日　第1刷発行

著　者　高山ちあき
発行者　北畠輝幸
発行所　株式会社集英社
〒101-8050東京都千代田区一ツ橋2-5-10
電話【編集部】03-3230-6352
【読者係】03-3230-6080
【販売部】03-3230-6393（書店専用）
印刷所　凸版印刷株式会社

ISBN 978-4-08-680409-7 C0193